三毛猫ホームズの卒業論文

赤川次郎

角川文庫
20346

三毛猫ホームズの卒業論文　目次

プロローグ	闇の中	七
1	華燭	一六
2	幻滅	三九
3	あやまち	四一
4	内緒の話	五五
5	計算違い	六六
6	一足違い	八一
7	業務命令	九八
8	依頼人	一二九
9	訪問	一三七
10	檻	一五三
11		

プロローグ

人生には、こんなことも起るのだ。

それを幸福な偶然と呼ぶか、それとも不幸な運命のいたずらと呼ぶか。——それは人さまざまだろう。

もし、それが神の気紛《きまぐ》れなら、神は人間界に起るいざこざを、雲の上から見物して楽しんでいることになる。

——その日、彼は穏やかで静かな空間にいた。彼の大好きな空間だった。

美術館は、外界と切り離された別の世界だ。音楽も聞こえない。車の音も、飛行機の音も……。

人の話し声も——と言いたいところだが、美術館が彼の貸し切りでない以上、仕方のないことだ。しかし、そう大声で話す人はいないし、時折、小声で感想を言い合って通り過ぎて行く見物人の存在は、気に入った絵の前の椅子に座って、三十分でも一時間でもじっと眺めていられる彼にとって、ちょっと気分の変るオブジェのようなものだった。

ともかく、美術館にいるときの彼は、充分に人生に満足し、充分に幸せ——のはずだった。

隣の展示室から、明るく、よく響く女の声が聞こえて来たとき、彼はちょっと顔をしかめた。この静寂を邪魔されるのが、耐えがたかったのである。

「ですからね」

と、その女は言いながら、彼のいる展示室へ入って来た。「公共の美術館といえども、もっと企画力が必要だと申し上げたいんです」

彼はまず、その女に付き添って歩いているのが、この美術館の館長だと気付いて、少しびっくりした。

この美術館の館長は、その世界でかなり名を知られた美術史研究家だ。その館長に向って、何と横柄な口をきく女だろう！

館長の方へ向いてしゃべっていた女の視線が、壁の絵の方へ向って、女の顔が見えた。

そこには——「モナリザ」がいた。ラファエロのマドンナがいた。ミケランジェロの「ピエタ」——悲しみの聖母——がいた。

彼は雷に打たれたような衝撃を受けて、呆然《ぼうぜん》と女を見つめた。

「あら」

女は、彼が眺めていた絵に目を止めると、

「これ、すてきね」

と、絵の前に立った。

おかげで、彼は絵を眺める代りに、スラリとしたスーツ姿の女の後ろ姿を見ることにな
ったわけだ。

館長が絵のことを何か説明していた。しかし、その言葉は、一向に彼の頭へ入って来な
い。

まるで、精密な受信機のように、彼の頭がその女の声だけに周波数を合せたかのようだ
った。

「いいわ、これ。――自分の家に飾って、一人だけで見ていたい」

女は、絵を少し離れて見ようとして、そのまま後ずさった。――彼の目の前に、女のデ
リケートな丸みを帯びたお尻《しり》が迫って来たと思うと、彼がよける間もなく「衝突」した。

「あ、ごめんなさい！」

女は振り向くと、恥ずかしがるでも怒るでもなく、ただ愉《たの》しそうに笑った。

その笑い声が、再び彼を打ちのめした。

もちろん――それだけのことだった。

女は彼を、

「お茶でもいかが？」

と誘いはしなかったし、彼も、

「電話番号を教えて下さい」

と訊《き》かなかった。

一瞬の出会い。そしてスカート越しの接触。――それが彼の人生を、価値観を、根底からひっくり返した。

女がその展示室を出て行くと、彼は見えない糸に引かれるように立ち上って、その後を追っていたのである。


人生には、こんなことも起るのだ。

それはちっともふしぎなことではなかった。いや、尾田《おだ》はもともと、いやというほどそのことをよく知っていたはずだった。

それでも――人は、幻と分っていても、理想とか正義とかを信じたくなることがある。

しかし、その結果は、このコップの中のやけ酒だ。

「要領ですよ、結局」

と、尾田敏也《としや》は言った。「うまく上に取り入った奴が生き残る。仕事を誠実に果したなんてことは、何の役にも立ちゃしないんです。――全く！　あんな節穴みたいな目しか持ってない奴でも、父親が会社のオーナーなら、三十そこそこで社長になれるんだから。それで業績が悪きゃ、部下のせいになる。責任を誰かに取らせて辞めさせ、赤字の分は、社員を半分もクビにして人件費を減らす。こんなのが経営ですか？　冗談じゃない！　クビにされる方はたまったもんじゃないですよ。その一人一人に、夫や妻がいて、親も子もいるっていうのに……。や、すみません。一人でグチばっかりこぼして……。あなたには何の関係もないことなのにね」

——居酒屋は、いくつかのグループで混み合って、やかましかった。

しかし、却《かえ》って隅の方で飲んでいた尾田にとっては、誰からも気にもとめられず、気が楽だった。

そして尾田は、たまたま隣の席に座った、もうかなり年輩の紳士を相手に、クダクダとグチをこぼしていたのだ。

「いや、気持はよく分る」

と、その紳士は言った。「君の言う通りだよ。企業の経営者なんか、新入社員への訓辞では偉そうな言葉を並べるが、その実、やってることといえば、取引先のお偉方に、ワイロぎりぎりの贈りものをしたり、得意先の能なしの息子を社員に雇ったり、そんなことを〈経営〉と称しているんだからね」

「そうですよ！　いや、本当にそうなんだ」

尾田は感激して涙が出そうだった。

「君は、社に残れたのかね」

と、紳士が訊く。

「僕ですか？　残れてりゃ、こうして強くもない酒を飲んじゃいませんよ」

と、尾田は苦笑した。

「そうか。すると――」

「リストラです。――どうしてはっきり『クビ』って言わないんでしょうね。『リストラ』って言やあ、前向きに聞こえるなんて、ふざけた話だ」

「そうか、クビか」

紳士は肯《うなず》いて、「家族はいるのかね？」

「ええ、妻がね。――僕のことを信じて、頼ってくれてます。その妻に、何て言えばいいんです？　『僕は働きが悪いんで、クビになったよ』と？　それとも、『あんまり真面目に働き過ぎて、クビになった』とでも？」

「それは気の毒だな。しかし、奥さんに隠していてはいけないよ。早く話をすることだ。そして力を合せて乗り切るんだ」

尾田は、もう大分酔って、目も少しかすんでいたが、隣の紳士が身なりからいっても、こういう居酒屋には合わないことぐらいは分っていた。

「あんたみたいな、いかにも金のありそうな人が、どうしてこんな所で飲んでるんです？」

と、尾田は訊いた。

「若いころ、よくここでやけ酒をあおったもんだよ。そのころが懐しくて、ときどきここへ来る」

と、紳士は言った。「——君、どうだね、私の家へ来て飲まないか」

いつもの尾田なら、見も知らぬ男の家に行ったりしないだろう。

しかし、今の尾田は、少しでも帰宅するのを遅らせたかった。

「いいですとも！　二人で飲み明かしましょう！」

と、尾田は声を上げた。

しかし——「家」といっても、ピンからキリまである。

その紳士の「家」とは、都心の真っただ中にある超高級マンションの一室だった。

「——ゆっくりしてくれ」

飲物を出してくれたその紳士は、尾田にそう言って、「私は着替えてくる」

と、居間を出て行こうとする。

「あの——ご家族は？」

と、尾田は言った。

「家族かね？　ここは私一人だ。家内は別のマンションに住んでいる」

「別の……。この他にもマンションがあるんですか」

居間だけで、尾田の家全体より広い。

「この他に、都内に五つ――いや、六つだったかな。よく憶《おぼ》えてないが、それくらい持っている。あと、北海道や軽井沢《かるいざわ》に別荘……」

「はあ……」

尾田は、すっかり酔いがさめてしまった。

とんでもない奴に、あれこれグチをこぼしたものだ。

「無理に引き止めはしないよ」

と、紳士は言った。「奥さんが待っているだろうしね」

「はあ……」

「もし、困ったことがあったら、そのサイドボードの一番上の引出しをあけてくれ」

そう言うと、紳士は出て行った。

――尾田は、しばらくぼんやりと座っていたが、

「困ったことがあったら？」

何だか、妙なことを言ってたな。

サイドボードの一番上の引出し……。

尾田はその装飾のある豪華なサイドボードにゆっくりと歩み寄ると、少しためらってから、引出しを開けた。

そこには、百万円の札束が、帯をかけられたまま入っていた。――二つ、三つ……。
四百万円！
あれはどういう意味だったんだ？
これを持って行け、と言っていたのか。
それとも……。
「いや、だめだ！」
たとえ、「持って行け」と言われても、他人の金だ。こんなものをもらう理由はない。
だが――こんなマンションに暮している大金持なのだ。
これくらいの金、どうってことはないのだ。
これがあれば――次の仕事をゆっくり捜せる。
これだけあれば……。
札束をじっと見つめて、尾田は立ちすくんでいた……。

1　闇の中

「こんなに遅くまで大学に残っていたのは初めてね」

と、淳子《あつこ》は言った。「――ね。悠一《ゆういち》。悠一ってば！」

隣の席で資料を読んでいるはずだった水原《みずはら》悠一は、いつの間にか口を開けて居眠りしていた。

「もう……。何もかも私にやらして！」

パソコンの画面を見ながら、杵谷《きねや》淳子は言ったが、本気で怒っているわけではなかった。

もともと、このテーマを持ち出したのは淳子の方で、水原悠一は、

「俺、何でもいいよ」

という程度だったのだ。

それでも、淳子に言われるままに資料を捜したり集めたりはしてくれた。もっとも、研究の独創的な部分、独自の視点による検討は、淳子一人の力によるものだ。

けれど、淳子が二人の名を並記して、「共同研究」として卒業論文にまとめることに少

しも抵抗を感じなかったのは、やはりいくらかは悠一が淳子の「恋人」だったからである。

「——以上のように結論づけられる、と」

キーボードを叩《たた》いて、淳子はフッと息をついた。

え？　これで終った？

終った。——終ったんだ。

淳子は、両手を高く上げて、

「やった！」

と大声を出した。「——悠一！　起きてよ！」

ポンと背中を叩いてやると、水原悠一はハッと顔を上げ、

「もう飯か？」

と言った。

「寝ぼけないでよ」

と、淳子は苦笑した。

「ああ……。夢か」

「夢？　どんな夢見てたの？」

「でかいステーキ、食おうとしたら、ステーキに羽が生えて逃げ出してさ……」

「そんな分りやすい夢じゃ、フロイトも困っちゃうわよ」

淳子はフロッピーディスクを抜き出して、

「終ったわよ」

「帰るか。――『終った』って、何が？」

「卒論。書き上げた」

悠一は目をしばたたいて、

「本当か？」

「嘘ついてどうすんの？」

「そうか。――やったな」

悠一はいきなり立ち上ると、「ヤッホー！」

と、叫び声を上げた。

「やめて！　警備員さんに見付かったら怒られる」

と、淳子は悠一をつついて、「さ、行きましょ」

パソコンの電源を切って、淳子はフロッピーをショルダーバッグへ入れた。

――S大学の教室。

大学のパソコンを使えば、資料の検索やインターネットの接続も早くて楽だ。

淳子と悠一は、卒論の仕上げに入ってから、ここ一週間、ほとんど毎日夜中までこうして大学に残っていた。

「明日は昼過ぎまで寝ようっと」

校舎の一階へ下りて、淳子は言った。「悠一、お腹空《す》いた？」

「ペコペコだ」

「お腹、空いてないって答えたことないよね」

と、淳子はからかった。

「俺は正直なだけだ」

「じゃ、卒論完成したお祝いに、何か食べて帰ろう」

「ラーメン？」

「もうちょっといいもの、おごるわよ。父のカード、使える店で」

「やった！」

悠一は飛び上った。「後はホテルに泊るとか？」

「調子に乗るな」

と、淳子は人さし指で悠一の脇腹をついてやった。

「いてて……。しまった！」

「どうしたの？」

「教室に手帳忘れて来た！」

「確かなの？」

「うん。机の上に出して……。ポケットにいつも入れとくんだ」

「じゃあ、取って来て。すぐ思い出して良かったわね」

校舎を出て、まだ数十メートルしか来ていない。

「すぐ取って来る！」

悠一は、校舎へと駆けて行った。

「中は暗いのよ！　階段、踏み外さないで！」

と、淳子は声をかけた。

聞こえたのかどうか。――悠一は校舎の中へと消えた。

淳子は近くのベンチに腰をおろした。――十一月も末。夜もふけて、空気が冷たい。

杵谷淳子はこのS大の四年生。同じ四年生の水原悠一と二人で卒論を仕上げた。

悠一は一年浪人しているので、淳子より一つ年上だが、おっとりして人がいい。

来春卒業しても、まだ就職先が決っていないのだが、当人は別に心配している風でもなく、

「新聞見りゃ、一杯求人広告出てるじゃないか」

と、のんびりしたもの。

一流企業に入ってエリートコースというタイプとは正反対だが、淳子は一緒にいて気持の安まる悠一のことが好きだった。

卒業しても、付合っていきたい。

淳子の友人の女の子たちには、「大学時代の彼氏は、大学出たらおしまい」という子が少なくない。

「結婚相手は全然別」

というわけだ。

しかし、淳子はそんな風に割り切りたくない。給料が悪ければ、淳子だって働く。人柄の良さが何より。

淳子は、悠一の「何とかなるさ」という生き方が好きだったのだ。

今度の卒論だって、淳子が投げ出したくなると、悠一が、

「何とかなるよ」

と言ってくれて、終りまでこぎつけたようなものだ。

考えてみれば、ずいぶん無茶なことに付合わせてしまったが……。

「——悠一？」

ふと気が付くと、いやに悠一の戻りが遅い。

どうしたんだろう？

まさか、本当に階段を踏み外して転げ落ちたりして……。

淳子はベンチから立ち上ると、校舎へと戻った。

階段は、常夜灯がついていて、薄暗いが一応足下もちゃんと見える。

「——悠一！——悠一！」

廊下は真暗だった。

二人がいた教室は突き当り。——明りはついていない。

ほとんど手探りでドアを開け、

「——悠一？」

中を覗《のぞ》き込む。

こう暗くては……。

明りのスイッチを手で探って、カチッと押したが、つかない。

変だわ。——さっきはちゃんとついていて、これを消して出て来たのに。

何度かスイッチを押してみたが、全くつかない。

悠一はどこへ行ったんだろう？

もしかすると、警備員にでも見付かって、連れて行かれたのか。ともかく、こんな真暗な中にいるわけもない。

淳子がドアを閉めようとしたときだった。

「淳子……」

かすかな声が、どこか闇の中から聞こえて来た。

「――悠一？――悠一、いるの？　どこなの？」

「淳子……」

声は、教室の教壇のあたりから聞こえたようだった。

淳子は手探りで進んで行った。

暗がりの中では、距離感も狂ってしまう。

数歩行って、教壇につまずいた淳子は、前のめりになって、床に両手をついた。

「いやだ……。もう、何も見えない！」

「淳子……」

悠一の声は、なぜか低い方から聞こえてくる。すぐ近くだ。

「悠一……。どこ？」

「床だ……。教壇の……」

「床？」

教壇に上った淳子は、そろそろと足を進めて、五、六歩行ったところで、何かをけとばした。

とたんに呻《うめ》き声。

「悠一？　ごめん！　私、けっちゃった？」

淳子はそっと膝《ひざ》をつくと、手でそっと悠一の体に触れた。

「悠一……。どうしたのよ？　倒れてるの？　具合、悪いの？」

「ちょっとな……」

悠一の声は苦しげだ。

「起きられる？　救急車呼ぼうか」

「いや……。そばにいてくれ」

「でも――」

「俺……たぶん死ぬと思うんだ」

「馬鹿言わないで！」

と、淳子は叱った。

「刺されたんだ……」

「――今、『刺された』って言ったの？」

「教室へ入って、手帳、捜してると、突然明りが消えて……。俺、てっきりお前がふざけてるんだと思って、『明り、つけろよ』って……。寄ってったら――急に腹に何かが刺さって……」

淳子の手は、既に血のりらしいヌルッとした感触を確かめていた。

「どうして……。誰がやったの？」

「分らない……。ただ……匂いが……」

「匂い？」

「お前がいつかくれた香水と似た匂いが……した」

「悠一！　黙って。すぐ救急車呼んでくるから！　いい、すぐ戻るからね！」

ただごとではない。——淳子は教室から出ようとして——。

「そうだ！　ケータイ！」

携帯電話がある！

しかし、さっきつまずいた拍子に、バッグを床へ置いて来てしまった。

暗い中で捜すより、一階へ下りた方が早いかもしれない。

一瞬の迷いだった。

淳子は教室を出て、廊下を駆け出して行った。——一階へと階段を駆け下りる。

薄暗い中、よく階段を踏み外さなかったものだ。

一階へ来て、やっと外の明りが入って来てホッとした。

「どうしたんだ？」

すぐ後ろで声がして、淳子は飛び上るほどびっくりした。

「あ……。警備員さん」

「まだ残ってたのかい。たまには仕方ないけど、そう毎日じゃ、こっちも——」

ガードマンの制服を着た、初老の警備員である。淳子もこのところ何度か苦情を言われていた。

「お願い！　救急車を呼んで！」

と、淳子は警備員の腕をつかんだ。

「救急車？」

「悠一が刺されたの！　上の教室で倒れてる！　死にそうなのよ！　早く救急車を！」

「まあ待て。落ちつけよ。刺された？　何の話だ？」

「知らないわ、どうしてだか。でも、悠一が血を流して倒れてるの。早く救急車を――。いいわ！　私が呼ぶ。電話、どこ？」

「待て、分った！　今、呼んでやる」

警備員は、一階の受付窓口を開けると中へ手を入れ、電話を取り出して、一一九番へかけた。

「――すぐ来る。しかし、どうしてそんなことになったんだ？」

「分らないわ。教室の明りがつかないの」

「元の電源を入れる」

警備員が奥へ入って、すぐに階段や廊下に光が溢《あふ》れた。

「――私、教室に行ってる。悠一のことが心配」

「ああ、救急車が来たら、すぐ連れて行く」

警備員は、明るくなると淳子の手にべっとりと血がついているのを見て、何かとんでもないことが起ったと分ったようだ。

淳子は階段を駆け上って、教室へと急いだ。

教室へ入り、明りのスイッチを入れると、今度はついた。

「悠一！」

目で見ると、想像以上にひどい。悠一はぐったりと目を閉じている。

「——死なないで、悠一！　お願い、目をさまして！」

淳子は必死で悠一の耳もとに呼びかけた。しかし、悠一の瞼《まぶた》はピクリとも動かない。

「悠一……。悠一……」

淳子は悠一の頭を抱きかかえるようにして、泣きながらくり返した。

そのとき——教室の明りが再び消えて、足音が廊下へと飛び出して行った。

「誰？」

淳子は大声で怒鳴ったが、もう足音は廊下を遠ざかって行く。

犯人か？——淳子は、今自分が犯人のすぐ近くにいたのかもしれないということには気付かず、

「誰なの！　卑怯者《ひきょうもの》！」

と叫んだ。

しかし、すぐに足音は聞こえなくなった。

そして、淳子は悠一を抱きしめながら、

「悠一……。悠一……。死なないで」

と呟《つぶや》き続けていた。

2　華燭

「おめでとう、ゆき！」

晴美《はるみ》は旧友のウエディングドレスがしわにならないように、そっと抱いた。

「来てくれてありがとう！」

ゆきは、白い手袋をはめた手で、晴美の手を固く握った。

「来ないって手はないでしょ、高校時代の一の親友の結婚式に」

「そう言ってくれると……。何しろ親があんな風だから」

と、花嫁がチラッと目をやると、父親が仏頂面で椅子にかけている。

母親の方は、訪れてくる客に挨拶《あいさつ》しているが、父親はニコリともしない。

「結婚に反対なの？」

と、晴美は訊《き》いた。

「うん……。まだ早いって。――そう言う気持も分るけど、彼、年が明けるとロンドンへ行って、三年は帰らないの。いくら電話やメールで連絡取れても、そんなに離れてたら…

……」

——片山《かたやま》晴美は、一人娘をこんなに若く嫁がせる両親の気持も分らないではなかった。須田《すだ》ゆきは、晴美の高校時代の仲よしグループの中でも目立って美人で、性格も穏やかで誰からも好かれていた。

そのゆきが、短大を出て就職した会社で、

「すてきな人と知り合ったの！」

と、弾むような声で電話して来たのは半年ほど前。

相手の海外赴任がなければ、あと一、二年は結婚までいかなかったかもしれない。

「——まあ、晴美ちゃんね」

と、ゆきの母親がやって来る。「久しぶりね！　お兄様もお元気？」

「はい。今、そこのロビーに」

「そう。まさかねえ、こんなに早く出て行かれるなんて……」

「ゆきさんはしっかり者ですから」

「もうやめてよ」

と、ゆきが母親をにらむ。

「そうそう。そういえば、杵谷さん——淳子ちゃんが……」

「そうだわ。晴美、何か聞いてる？」

「兄の方からね。S大の教室で恋人が刺されたってことは」

「TVで見てびっくりしたわ。水原悠一って、私たちも会ったわよね」

「いつかみんなで会ったときにね」

と、晴美は肯《うなず》いて、「意識不明のままらしいわ」

「気の毒に。——いい人なのにね、おっとりして」

「今日、淳子も一緒にコーラスやることになってたのにね」

「連絡はないけど、それどころじゃないわよね」

と、ゆきは言った。「——そうだ。あの猫ちゃん——ホームズだっけ？　連れて来てくれた？」

「私の方が『連れ』かも」

と、晴美は微笑んで、「コーラスに一声加わらせようかと思ってるの」

「楽しいわね！」

と、ゆきは笑った。

「ね、今日、初めの挨拶は誰？」

「それがね——清水谷《しみずや》先生！」

「本当？　懐しいなあ」

「短大のときは、そんなに親しい先生いなかったし、会社の上司は、彼の方が招《よ》ぶことになるからね。久しぶりで連絡してみたら、喜んで出席するよ、って」

「じゃ、ロビーで待ってれば来るかな。——じゃ、また後で」

「うん、ありがとう!」

親戚《しんせき》らしい家族がワッと入って来たので、晴美は控室から出た。

ロビーのソファに腰をおろして欠伸《あくび》しているのは、兄の片山義太郎《よしたろう》。警視庁捜査一課の刑事とはとても見えない。

「人目があるのよ。そんな大口開けて欠伸して」

と、晴美は文句を言った。

「俺のせいじゃない」

と、片山は言った。「ホームズが先に欠伸したんで、俺にもうつったんだ」

「そんな馬鹿な」

「ニャー」

片山の足下で退屈しているのは、三毛猫のホームズ。

片山兄妹のアパートに同居している、ふしぎな猫である。

「どうだった、花嫁は?」

「そうね……。スンナリといけばいいけど」

「親から見りゃ、早すぎると思うだろうな」

「でも、こういうことはね、周りが反対すれば、却《かえ》って意地になるし」

実は、晴美は須田ゆきの母親から、

「ぜひ晴美ちゃんに相手の男性を見てほしいの」

と、こっそり頼まれていた。「私やお父さんは、どうしても公平な目じゃ見られないから」

兄が一緒に来ることになったのは、そのせいでもあった。

「花婿には会ったのか？」

と、片山が訊く。

「まだよ。――ゆきが、前もって私たちに挨拶するように、彼氏に言ってくれてるはずだけど」

「何て名だっけ？」

「ええと……」

晴美は招待状をバッグから取り出して、「重山広之《しげやまひろゆき》。――ゆきに写真を見せてもらった限りでは、なかなか二枚目だけどね」

「俺たちだって、ちょっと会ったくらいじゃな」

「ゆきのお母さんだって、そんなこと分ってるわよ。ただ、気が楽になるんでしょ」

晴美はそう言って、「――あら、あの人……」

正面の自動扉が開いて、ロビーへ入って来たのは、何だか借りもののようなスーツの、髪の半ば白くなった中年男。

こういう場に慣れていないらしく、落ちつかない様子で、キョロキョロしている。

「先生だわ。——清水谷先生！」

晴美が小走りに駆けていくと、

「——やあ、片山か」

と、ホッとした表情になる。

「あ、すぐ分った」

「分るさ。ちっとも変ってない」

「そんなに可愛い？」

「まあ、そういうことにしとこう」

と、清水谷は笑って、「俺は老けただろう」

清水谷修《おさむ》は、晴美たちの高校時代の教師だが、確かにそう何年もたっているわけではないのに、ずいぶん老け込んでいる。

「先生、髪が白くなった」

「うん。そうなんだ。色々苦労が多くてな」

「私たちみたいな、いい生徒ばっかりじゃないものね」

晴美の言葉に、清水谷は愉《たの》しげに笑った。

「――先生、紹介します。兄です」

「これはどうも」

と、清水谷は片山に挨拶《あいさつ》して、「すると、刑事さん？　噂には聞いています」

「先生、兄はすぐ照れますから」

と、晴美は言った。「ゆきが待ってます。控室にご案内しますわ」

「ああ、頼む。どこへ行ったらいいのか、さっぱり分らん」

晴美が清水谷を案内して行ってしまうと、片山はもう一度ソファに座って、

「先生って仕事も大変だな」

と、ホームズの方へ話しかけた。「毎年毎年、新しい生徒たちと会ってるのに、卒業して何年たっても、こうやって結婚式に出なくちゃならない。よく憶《おぼ》えてるもんだ」

「ニャー」

と、ホームズは「同感」と言うように鳴いたが……。

ホームズの視線が、ガラガラと開いた玄関の自動扉の方へ向く。

ホームズが立ち上った。その様子に、どこかただごとでないものを感じて、片山はホームズの視線を追ってみた。

グレーのコートをはおった女が、ロビーに入って来た。

地味な印象の女だが、目をひくのは、どこか思い詰めたようなその表情だった。

ロビーに入って来て、ひどくソワソワと左右を見回しているのも気になった。

片山も——いくらそれらしく見えないと言われても刑事である。

「あの女、何かやりそうだな。どう思う?」

と、片山は言った。

こういう結婚式場では、何組もの式が並行して進められる。受付にたまる祝儀袋の中身を狙って来る犯罪者も珍しくないのだ。

「ニャー」

「うん。普通なら、まず入って来て、〈本日の挙式〉の一覧を見るよな。あの女、目もくれなかった。おかしいな」

式場の誰かに注意を促しておいた方がいいかもしれない、と片山は思った。

そのとき、晴美が戻って来て、

「重山って人、来た?」

「え?——花婿か? いや、別に」

「おかしいわね。控室に声かけたら、私のこと、捜しに出て行ったって——」

と言いかけた晴美が、正面玄関の方へ目をやってびっくりした。「まさか! 淳子だわ」

明るいスーツの女性が入って来た。

「淳子？」

「ほら、恋人が大学で刺された」

「ああ！　あの子が？」

「そうよ。今日は来ないと思ったのに。――淳子！」

晴美が手を振ると、杵谷淳子は微笑んでやって来た。

「晴美！　元気？」

「うん。――淳子、いいの？」

「うん。ずっと病室にいても、こっちも辛《つら》いし」

「で、彼の具合は？」

「まだ意識は戻らないんだけど、一応状態は安定してるの。何とか命は取り止めそうだわ」

「良かった！　犯人の見当は？」

「まだ一向に……。あ、片山さんですね」

「どうも、大変でしたね。早く犯人が捕まるといいですが」

「ええ……。でも、もしかしたら原因は私にあるのかも……」

「淳子――」

「後で、少し時間をもらえない？　話したいことがあるの」

「いいわよ、もちろん」

「お兄さんにも聞いていただきたいの。それに――あなたがホームズね」

と、身をかがめる。

「ニャー……」

「あなたも力を貸してね。私の大事な人をあんな目にあわせた犯人を見付けたいの」

「ニャー」

「喜んで、って言ってるわ」

「嬉《うれ》しいわ。――今日は歌があるのよね」

「そうよ。淳子が来なかったらどうしようかと思ってた」

晴美は、淳子の肩を軽く叩《たた》いた。

花嫁、花婿が入場してくる。

拍手が起きて、場内の明りが落ちると、スポットライトが二人を捉《とら》えた。

お色直しをして、ゆきはピンクのカクテルドレス、相手の重山は白のタキシード。

拍手しながら、晴美は兄の方へ小声で言った。

「あの白のタキシードが似合うわね」

「うん……」

片山は肯《うなず》いた。

あまりいい意味ではない。

片山たちは結局、この披露宴会場で初めて重山広之を見たのだが、確かに二枚目で人当りも良さそう。物腰は柔らかく、ソフトな印象である。

しかし――片山は直感的に、

「あまり信用できない」

と思った。

晴美も同感だった。

口先だけで、老人から貯金を巻き上げる手合は、ああいうタイプが多い。

まさか、この席上でそうは言えなかったが……。

ゆきと重山がテーブルの間を回ってくる。

片山は、会場の入口のドアが開くのを見た。

飲物を運ぶウエイトレスが一人、入って来た。――ホームズはテーブルの下にいたが、そのウエイトレスの足の運びに目をひかれたようだ。

ホームズがフワリとテーブルの上に飛び上った。

「どうした？」

と、片山が言ったとき、そのウエイトレスがゆきと重山の前へ飛び出した。

重山が息をのんで、

「信子《のぶこ》！」

と叫んだ。

「許さない！」

あの女だ！　さっきロビーで見た女。

刃物が光った。

重山がゆきの背後に隠れた。ホームズが飛び出す。

しかし――女の手にした刃物の前に身をさらしたのは、淳子だった。

ホームズが飛びかかって、女は一瞬よろけたが、ナイフの切先は淳子の脇腹へと突き刺さっていた。

片山は椅子をはねのけて駆け寄った――。

3　幻滅

「じゃ、本当に……」

と言ったきり、須田ゆきは口をつぐんでしまった。

披露宴での犯行は、明らかに重山を狙っており、かばおうと飛び出した杵谷淳子は脇腹を刺されて、病院へ運ばれていた。

「申しわけない」

と、重山が頭を垂れる。「でも、あの女とはごく普通の付合いだった。本当だ」

「普通の付合い？　それでどうして刃物が出てくるの？」

と、ゆきは言った。

「大体、おかしいんだ。分るだろ？　あんなこと、まともな奴がするわけない」

重山の言葉が空しく響く。

何といっても、刺されそうになって、重山はとっさに、ゆきの背後に隠れたのだ。

その行動は、ゆきの目を覚まさせた。

「――ともかく、淳子が助かってくれないと」

と、ゆきは言った。

「ああ、そうだね。でも――僕らはあくまで予定通りにハネムーンへ行こう」

ゆきが呆《あき》れたように重山を見て、

「どうぞ。一人で行って来て」

と言った。

「おい、ゆき……」

重山はゆきのそばへ寄って、肩を抱こうとしたが、ゆきは素早く立ち上った。

――大騒ぎだったロビーも、今はごく当り前に他の組の挙式が進んで、にぎわいが戻っている。

「晴美!」

「大丈夫よ」

と、晴美はホームズを従えてやってくると、「淳子、命には別状ないって。もちろん重傷だけど」

「良かった!」

ゆきは張りつめていた気持が一気に緩んだようで、大粒の涙が頬を伝い落ちて行った。

「ホームズ、ありがとう! あなたがあの女に飛びついてくれなかったら、淳子は胸を刺されてたわ、きっと」

「犯人の方は兄が付いて行ってる。今は興奮状態で、支離滅裂なことを言ってるだけらしい」

と、晴美は言って、重山の方へ、「あの女性について、あなたから話を伺いたいそうです。兄が後で戻って来ますから、それまで帰らないで下さい」

「分りました」

重山は仏頂面である。「しかし、僕が悪いわけじゃありませんよ。僕を責められても……」

「責められて当然じゃないですか。あの女性が刃物を持って向ってくるのを止めようともしないで、ゆきのかげに隠れるなんて」

抑えてはいるが、晴美も相当頭に来ている。

「そりゃあ、後からなら何とでも言えますよ。刃物を前にして、逃げちゃいけないって言うんですか？」

と、重山は言った。

「淳子が間に入っていなかったら、ゆきが刺されてたんですよ」

「晴美、いいのよ、もう」

と、ゆきは止めて、「入籍してなくて良かった。私、目が覚めたわ」

重山はため息をついて、

「あんなことになっても、この式場の費用は払わなくちゃいけないんだろうな」

と呟《つぶや》いた。

晴美は、本当に重山をけっとばしてやろうかと思った。

「ニャー」

ホームズが鳴いた。

「どうしたの？」

ホームズがトコトコと歩いて行くと、ロビーの灰皿を片付けているウエイトレスの足下へ寄って、前肢《まえあし》の爪でスカートの端を引っかけた。

「キャッ！――あら、猫ちゃんなの」

「ごめんなさい」

と、晴美は急いでやってくると、「ホームズ、何のことを言ってるの？」

「ニャー」

「確かに、この人と同じ格好をしてたけど――」

と言いかけて、「そうね。あの制服をどこで手に入れたのかしら」

「あの事件のことですか？」

若いウエイトレスは、好奇心いっぱいに目を見開くと、「制服の管理は結構うるさいんです。あの捕まった人、どうやって手に入れたのか、ふしぎね、ってみんなでしゃべってたんですよ」

晴美は、ゆきの方へ、

「あなた、着替えてたら？」

「そうするわ。控室、使えるかしら」

「すぐ、係の人を呼んで来ます」

と、ウエイトレスが言った。

「ありがとう。あなた、お名前は？」

「〈三宅《みやけ》〉です」

と、名札を指して、「〈三宅杏《あん》〉といいます」

てきぱきとした受け答え、手早い動作など、晴美はそのウエイトレスを、「信頼してもいい」と直感的に思っていた。

「杏さんね。捜査を手伝ってもらえるかしら」

「喜んで！　でも――私、まだ新人なんですけど」

「ちゃんと上司の方へは兄から話をさせるわよ」

「よろしくお願いします」

三宅杏という女の子、今すぐにでも晴美の後をついて回りたい様子だ。

「でも、ともかく式場の係、呼んで来ます！」

　と、元気良く駆け出して行く。

　重山は少し離れた喫煙所で、ふてくされてタバコを喫っていた。

「ゆき。――本当に解消するの？」

「重山と？　もちろんよ！　晴美だったらどうする？」

「そうね。ご破算にする前に一発お見舞するわ」

　ゆきはそれを聞いて、晴美の肩を抱いて笑った。


「私の手落ちになるんですか？」

　制服の管理を任されている女性は青くなっていた。

「別にそういう意味で言ってるんじゃ――」

「クビになったら、大変なんです！　うちにはリストラで失業中の夫と七歳と五歳の女の子、それに、猫が二匹いるんです！　私がクビになったら、みんなで夜逃げしなきゃいけなくなります。車一台じゃ乗り切れないじゃありませんか。どうしたらいいんです？」

「落ちついて下さいよ」

　と、晴美はなだめて、「何も、あなたを責めてるわけじゃありません。ただ、あの女性がどうやってウエイトレスの制服を手に入れたのか、知りたいんです」

そう聞いても、相手は安心した様子ではなかった。

「本当に私のせいにしません？　もし、このことが問題になって、上司が私をクビにしたら、どうしてくれるんです？」

自分の生活がかかっているのだから、心配するのは無理ないというものの、晴美の方もうんざりして来た。

「荒井《あらい》さん」

と、そのとき、一緒に来ていた三宅杏が口を開いた。「人が殺されかけたんですよ。しかもここのお客様が。まず協力してから、ご自分のことを心配なさったらいかがですか」

ピシャリと言ったその中身には、相手の主任も反論できず、

「そりゃ、私だって……分ってるわよ」

と、ブツブツ言っている。

「荒井さんとおっしゃるんですね」

と、晴美は言った。

「荒井敬子《けいこ》といいます」

名前を言うのも渋々という様子。

「制服の管理はどうなっているんですか？」

「こちらへ」

――ロッカールームは、奥まった場所にあった。

「もちろん、一人一人、サイズも違いますから、この棚に、色んなサイズの上下が揃っています。どうしても合わない人は、特に作らせますけど、できるだけ、少し合わないくらいなら無理をして着るよう言われています」

「自分の制服は、みんな自分のロッカーへ入れています」

と、杏が言葉を添えた。

「じゃ、この棚を開けるのは、どういうときです？」

「お料理を配ったりするので、汚すことがあります。そんなとき、この棚から、合うサイズを捜して出します。それと、毎日勤務しているわけじゃない人、休日や大安の、仕事がふえるときだけの社員がいます。そういう人たちの分は、ここから出しています」

「普段、鍵《かぎ》がかかってるんですね」

「もちろんです」

「その鍵は誰が持っています？」

「私がここに」

と、荒井敬子はチェーンでつないだ鍵を見せた。「他に、私が休んだときのために、式場事務所に一本置いてあります」

「それは誰でも持ち出せるんですか？」

「いえ、私が出ているときは、キーケースの中ですから、持ち出せません」

と言いながら、荒井敬子の口調はやや不安げになって来た。

「すると、問題の女性はどうやってここを開けたんでしょうね」

「私……分りませんよ。私は刑事じゃないんですから」

と、またむきになろうとしている。

晴美には分った。――荒井敬子がこうも責任を取らされることに神経質になっているのは、何か思い当ることがあるからだ。

しかし、ここで無理に訊《き》き出そうとしても、否定するだけだろう。

「おっしゃる通りですね。よく分りました」

晴美は肯《うなず》いて、「どうもお忙しいところをお邪魔して」

「いえ、とんでもない」

晴美がすぐに引っ込んだので、荒井敬子は面食らっている様子だった。

「――晴美さん、あれでいいんですか？」

と、一緒にロビーのフロアへ戻りながら、三宅杏が訊いた。

「何かを隠してるのは確か。でも、やましい気持があるから、ああしてむきになるのよ」

と、晴美は言った。「今、問い詰めるようなことをしたら、頑《かたく》なになるだけ。少し時間を置いて、責任を自覚するようになるのを待った方がいいわ」

「分りました」

「杏さん。あなた、悪いけどあの荒井さんの様子をときどき知らせてくれない？　あの人は、刑事が訪ねて行ったりすれば、それだけでパニックになっちゃいそうだし」

「ええ、もちろんやります」

「別に、あの人を見張ってろって言ってるんじゃないのよ。何か変ったことがあったら、知らせてくれればいいの」

「はい。私も自分の仕事がありますし」

「忙しいのに悪いわね」

「いいえ！　自分が何かのお役に立つのなら、こんなにすてきなことってありません」

三宅杏の明るい笑顔は、晴美の気持まで軽くしてくれる。

何といっても、旧友の杵谷淳子が刺されたのだ。しかも、淳子の恋人、水原悠一もその前に刺されている。

「――まさか」

晴美は思わず足を止めた。

「晴美さん、どうかしたんですか？」

と、杏が振り返る。

「いいえ。――何でもないわ。杏さん、お仕事に戻ってちょうだい。邪魔してごめんなさいね」

「いいえ！　それじゃ、ご連絡しますから」

杏は足早に立ち去った。自分のすべきことを承知していて、それに熱中しようとする心意気が感じられる。

ロビーへ戻ると、片山がちょうどホームズを抱いて立っているところだった。

「どこへ行ってたんだ？」

「制服のことでね」

「制服？」

晴美の説明を聞いて、片山は肯くと、

「確かに、妙だな」

「ね。あの重山って人を恨んでの犯行だってことは間違いないけど、計画的よね。あの制服だって、ちゃんとサイズの合うのを着ていたわ」

「ともかく、命に別状なくて良かったよ」

と、片山は言った。

「うん……」

「何か気になるのか？」

「ちょっとね」

と、晴美は言った。「考え過ぎかとは思うんだけど」

――水原悠一が刺され、その恋人の淳子が刺された。

こんな偶然があるだろうか？　不運、と言ってしまえばそれまでだが。

しかし、水原を刺した犯人はまだ捕まっていないが、淳子を刺したのが誰かは明らかだ。

それに、狙われたのは淳子ではなかった。

やはり、偶然なのだ。

そう考えるしかない……。

そのとき、ロビーに、

「片山晴美様。いらっしゃいましたら、お近くの館内電話をお取り下さい」

というアナウンスが響いた。

4　あやまち

「お電話でございます」

と、交換手が言った。

「はい。──もしもし？」

「片山君か？」

「あ、先生」

清水谷である。

「今日は大変だったな。さっき帰って来たんだが、気になってね。杵谷君はどうした？」

「重傷ですけど、何とか命は取り止めました」

「そうか！　良かったな」

清水谷は安堵《あんど》の口調で、「目の前で教え子が刺されるなんて、いやなことだ。まあ、助かって良かった」

「友だちをかばって代りに刺されるなんて、淳子らしいです」

「そうだな。——くれぐれも大事にするように言ってくれ」

「ええ。先生も、もし良かったらハガキでも出してやって下さい。S大病院の外科です」

「そうするよ。いや、安心した。君も色々大変だろうが」

「先生もお元気で」

「うん」

——電話を切って、晴美は何だかフッと微笑んでいた。

「急用か?」

「高校のときの先生よ」

「ああ、今日来てた? びっくりしただろうな」

「そうね」

晴美はこういう物騒なことに慣れているが、普通は目の前で人が刺される場面に出くわすことはあまりない(当り前だが)。

「じゃ、ともかく一旦《いったん》帰ろう。この格好じゃ……」

片山も、一応上等なスーツにシルバータイだが、杵谷淳子が刺されたとき、血が上着に飛んでいる。

「そうね。——ああ、ゆき」

須田ゆきが、着替えてロビーに出て来た。

「晴美！　まだいてくれたのね」

「うん。ゆき、これからどうするの？」

「それがさ、ハネムーンに行く予定だったでしょ。すっかりヒマになっちゃった」

「あ、そうか」

「でも、出席してくれた親戚《しんせき》とか知り合いには、その後の事情、説明しなきゃね。その上で、傷心の旅に出るか」

「傷心の割には元気そうだよ」

「うん。変なのつかむところだったんだから、とんでもない披露宴だったけど、これで良かったのかも。――いっちょ、飲んで帰ろうかな。どう？」

「よし！　付合う」

晴美がゆきの肩をポンと叩《たた》いた。「お兄さん、ホームズ連れて先に帰って」

「ああ、いいよ。――あれ、ホームズは？」

いつの間にやらホームズの姿が見えない。

ロビーを眺め回して、ゆきが、

「あ、あそこにいるわよ」

ホームズが、ソファにちょこんと座っている。

「ホームズ、何してるの？」

と、晴美が手招きして、「帰るわよ！」

しかし、ホームズは動かない。

「何かあるのかな」

と、片山が言った。「あのソファで――」

「あ！」

と、晴美が声を上げた。

「どうした？」

「私って……。すっかり忘れてた！　淳子から言われたこと」

そう言われて、片山も思い出した。

「そうだったな！」

――杵谷淳子が、恋人の水原が刺されたことで、「原因は私にあるのかも」と言っていたのを思い出したのである。

「淳子、披露宴の後で話したいことがあるって言ってたわね。あの事件ですっかり忘れてた」

ホームズが、

「やっと思い出した？」

という様子で、ソファからストンと下りて来ると、トコトコやって来た。

「淳子のことにも気を付けないとね。もし、水原君を刺した犯人が、淳子を狙ったりすることがあれば……」

「よし、任せとけ。病院側と話をつける」

「お願いね！——ホームズ、あんた、よく思い出させてくれたわね」

「ニャン」

忘れるほうがどうかしてるよ、とでも言いたげに、一声鳴いて、ホームズは先に立って正面玄関へと向った。


あ、帰って行く。

——三宅杏は、片山たちが連れ立って出て行くのを、遠くから眺めていた。

「すてきだなあ……」

と呟《つぶや》く。「——あ、急がなきゃ」

新米ウエイトレスの悲しさ。

一日の間で、ロビーのラウンジ、食堂、宴会場、とあちこちを「さすらって」いなくてはならない。

つい数年前までは、ちゃんと自分の持場が決っていたそうだが、この不景気の中、人をどんどん減らしてしまったので、一人であちこち「かけ持ち」しなくてはならなくなったのだ。

それぞれ、混む時間帯が違うので、人手が少なくても大丈夫になると、忙しい所へ回される。

特に新人は一番簡単に、

「ちょっと宴会場へ行って」

と言われたり、一日の予定など、あってなきが如し。

今も、宴会場の方はほぼ終りかけているので、ラウンジへ行けと言われて来たのだ。

披露宴がすんで、久しぶりに顔を合せた友人や知人同士、すぐ帰るのも惜しいから、

「ちょっとお茶でも」

となって、ラウンジが混む。

「――何してんの！　早くオーダー取って」

と、ラウンジの主任に叱られ、

「すみません」

と、急いで盆を手に、オーダーできなくて苛々《いらいら》しているテーブルへ。

「遅いじゃないか」

と、文句を言われて、

「申しわけありません」

と、ひたすら謝る。

――こっちだって大変なのよ。お昼もまともに食べていない。

ともかく駆け回っているので、途中トイレにも行けなくて、体を悪くする女性も少なくない。

でも、もちろんそんなことは今目の前にいるお客と関係ないことだ。

オーダーを取って伝えると、杏はホッと息をついた。

――片山晴美さん。

もちろん向うは杏のことを「今日初めて会った」と思っているが、実は杏の方では晴美のことを知っているのだ。

同じ高校で、晴美が三年生のとき、杏は一年生だった。しかし、クラブなどでも一緒だったわけじゃない。

だから、晴美の方では全く記憶がないだろう。

「三宅さん、お砂糖出して来て」

と、主任に言われて、

「はい!」

と、杏はラウンジから小走りに出た。

「急いでね!」

と、主任の声が背中に飛んでくる。

はいはい、急いでますよ。

主任は四十代の女性で、子供を二人抱え、離婚して一人で頑張っている。もしクビにでもなったら大変！

その思いが、つい杏などへきつく当ることになっているのだろう。

事情が分っているし、本当はやさしいところのある上司なので、杏も逆らわないことにしていた。

お砂糖の在庫は地階。――エレベーターなんか待っていられない。

階段を駆け下りて行く。

倉庫スペースが調理場のわきを抜けた奥にある。

「――お砂糖、お砂糖、と」

棚を捜して、グラニュー糖の缶を下ろす。

「ひどいじゃないの！」

と、たかぶった声。「私を利用したのね！」

あの声……。

杏はそっと倉庫の奥の方を覗《のぞ》いた。

段ボールに腰をかけて、ケータイで話している後ろ姿は、あの、制服管理の主任、荒井敬子だ。

「でも、結果は同じじゃないの。私が責任取らされることになったら……」

――あのことを言っているのだろうか？

晴美から、荒井敬子の様子に気を付けていて、と頼まれた。

もちろん、スパイするつもりはないけれど……。

晴美は高校生のころでも、しっかりした、目立つ人だった。先輩風を吹かせることもなく、後輩に対して優しかった。

杏には、今でも忘れられないことがある……。

「――ともかく、はっきりさせてちょうだい！」

と、荒井敬子が言った。「そうでないと、私、何もかもしゃべってやる」

誰が相手なのだろう？

立ち聞きするつもりではなかったが、今さら動くこともできず、杏はじっと息を殺していた。

荒井敬子は、しばらく何も言わなかった。

ケータイで話している相手が、ずっとしゃべるのを聞いているらしい。

ときどき、「ええ」とか「うん」と小声で言うだけだ。

何分間かして、

「――私だって、何もあなたを信用しないって言ってるわけじゃないわ」

と言った荒井敬子の声音《こわね》は、すっかり穏やかになっていた。

相手の説得が功を奏したらしい。

「ええ。――分ったわ。じゃ、連絡を待ってるから。――ええ、きっとよ」

怒りが鎮まった様子で、荒井敬子は、「この間のレストラン、おいしかったわ。また行きましょうよ」

と、少し甘えるような声さえ出した。

そろそろ切りそうだ。――杏は、じりじりと退《さ》がった。このままでは、荒井敬子が出て来ると、いやでも顔を合せてしまう。

「じゃあね……」

と、通話を切って、荒井敬子はすっかり機嫌が良くなったらしい。

鼻歌など歌いながら、立ち上る。

杏は、グラニュー糖の缶を、まだ持ったままだった。間に合わない！

「――誰？」

足音を聞きつけたのか、荒井敬子が声をかけた。

とっさのことで、他に仕方がない。

「三宅です」

と、できるだけ普通の声で、「あ、荒井さん、いらしたんですか」

「何してるの？」

「ラウンジが混んでて、グラニュー糖、取りに来たんです」

と、缶を棚へ戻し、「急いで持ってかないと叱られちゃう。失礼します」

ビニール袋を手に、さっさと倉庫を出る。

荒井敬子がどう思ったか、杏には知りようもなかったが、ぐずぐずと言いわけしていたら、却《かえ》って怪しまれると思ったのである。

ともかく今はこれをラウンジへ。

杏は階段を駆け上った。


たった一度。

たった一度だ。——人間、一度くらいは「しくじる」ことだってあるじゃないか。

それなのに……。

重山広之は、苦虫をかみつぶしたような顔で、控室の近くのソファに座っていた。

白いタキシードはもう脱いで、普通のスーツに替えていたが、あの事件で貸衣裳《かしいしょう》のタキシードには血が飛んでしみになってしまった。

「もし、落ちないときは、弁償していただきます」

と、冷ややかに言われた。

——畜生！　みんなで俺のことを馬鹿にしやがって！

大きな紙袋をさげた夫婦が、廊下をやって来た。

重山はあわてて立ち上ると、

「部長！」

と、進み出て、「今日は申しわけありませんでした」

床に頭がぶつかるかと思うほど深々と体を折った。

「まだいたのか」

素気ない言葉が返って来て、重山は青ざめた。

今日の式の仲人《なこうど》を頼んだ、上司の山崎《やまざき》夫婦である。

「本当に恥をかいたわ」

夫人の方は怒りを隠そうともせず、「せっかく黒留もこしらえたのに……」

「申しわけありません。しかし、あれは——」

「待て」

と、山崎が遮って夫人へ、「おい、下のラウンジで何か飲んでろ。こいつと話してから行く」

夫人はあえて重山に目もくれず、行ってしまった。

「部長……」

「まあ、座ろう」

山崎はソファに腰をおろすと、「うまくないことになったな」

と言った。

重山にも、才能というものがあった。

それは「その場の、微妙な空気を読み取る」才能である。

〈R交易〉で、ともかくこれまで何とか「出世コース」を歩いて来たのは、当人の自覚の有無は別にして、その才のおかげだった。

たとえば、交渉相手の企業の人間と話しているとき、向うが二人いたとする。

重山の話に答えてくれるのは専らその内の一人だけ。話がうまくまとまりかけると、今まで黙っていたもう一人が、

「いいのか、そんなことで？」

と、突然口を挟む。

そんなときは、社内でその二人がうまくいっていなくて、話がどっちに傾くにしろ、一方は「面白くないから反対してやろう」と思っているのである。

重山は、そういう「妬《ねた》み」とか、「足の引張り合い」の雰囲気を察することが得意だった。

今――仲人を頼んだ部長の山崎が、

「こいつと話してから行く」

と、夫人に言ったとき、重山のアンテナにピンと感じるものがあった。

「ご迷惑をおかけして、申しわけありません」

とりあえず謝っておいて、山崎の話を待つ。

「このままだと、お前の立場はない」

と、山崎は言った。「俺にも、お前をかばう気はないしな」

「ごもっともです」

「お前は、物品管理にでも回されて、一生そこで埋れるんだ。――このままだとな」

やはり、何か下心がある。重山は確信した。

「このままだと」という言葉のくり返しは、要するに、「このままでなければ」救われる道がある、という意味だ。

「ただし」

と、山崎が続けた。

そら、来たぞ！

「――部長。何か私でお役に立てることが？」

と、重山は訊《き》いた。

「うん、もしお前にやる気があればのことだがな」

重山は座り直した。

「おっしゃって下さい！　何でもやります」

「何でも、か」

「はい、『何でも』です」

「そうか」

山崎はニヤリと笑った。「しかし、聞けばもういやとは言えないぞ」

「どうぞ、聞かせて下さい」

重山は身をのり出した。

5　内緒の話

ラウンジに、えらく不機嫌そうな女の人が入って来た。

結婚式場だから、みんな楽しそうにニコニコしてるかといえば、そうはいかない。

特にラウンジには、披露宴を終えた客が流れて来る。宴の中で、いささかアルコールも入っているので、声も大きくなり、

「何であいつが結婚できて、私たちができないわけ？」

と、誰に向ってか分らない怒り方をしていたり、

「よくあんなのと一緒になったわね！　私なら絶対ごめんだわ」

と、他人のことなんか放っとけよと言いたくなる感想を述べる人も。

しかし、黒留を着たその人は、そういう不機嫌さではなかった。

「ちょっと！　コーヒー！」

と、座るより早く大声で言った。「急いでね！」

目の前に誰かいるというわけではない。ともかく、言えば誰か聞いているだろう、とい

うことらしい。

　三宅杏は、キョロキョロと左右を見回して、どうやら聞いていたのは自分しかいないと悟って、

「はい！」

と、やや間は空いたが、返事をした。「ホット一つ」

と、カウンターの奥へ通しておいて、急いで冷たい水のコップを運んで行く。

「露を落とさないでね！」

一瞬、何を言われているのかよく分らなかった。

水のコップの表面がどうしても濡《ぬ》れて、水が落ちる。それが着物にかからないように、という意味なのだと分って、コップを遠くへ置いた。

　杏の対応が一応気に入ったらしい。

「ありがとう」

と、やっと少し穏やかな顔になった。

「いえ……。ホットでよろしかったですね」

「ええ、それでいいの」

「すぐお持ちします。お一人でいらっしゃいますか？」

「いえ、主人が来るわ。モーニング姿でね」

「お二人ですね」

「仲人《なこうど》をしたの。主人の部下だったんでね、花婿が」

「ご苦労さまでした」

「ところが、捨てられた女がナイフを振りかざして飛び込んで来て……。披露宴はめちゃくちゃ」

「ああ、あの……」

「私たちの立場もないわよ。主人は、『新郎は成績優秀で……』なんて紹介したっていうのに！」

「でも、それは奥様の責任では――」

「ええ、もちろんよ！　それは分ってる。でも、今日のために、わざわざこの黒留を新しくこしらえたのに……。お金のことを言ってるんじゃないのよ。でも――やっぱり腹が立つじゃない」

「ごもっともです」

「私もね、主人が部長だから、これまでに何回も仲人をしたわ。どのご夫婦も、子供も生れて、そりゃあ幸せにやってるのよ。それが……」

　ともかく、誰かに文句を言いたくて仕方ないらしい。たまたま目の前にいた杏を捕まえて、グチは途切れそうになかった。

「あ、あのホット、入りましたので」

コーヒーを取りに行って、すぐその「仲人夫人」の所へ持って来ると、

「いらっしゃいませ！」

ちょうど新しい客が入って来たのを幸い、逃げ出した。

――山崎美智子《みちこ》はコーヒーをたちまち飲み干して、やっと少し落ちついた。

全く、重山君のことは見損なったわ！

あんなに愛想が良くて、よく気がきいて……。

でも、とんでもない人だわ。

「――あなた」

山崎が、ラウンジへ入って来て、

「とんだ大安吉日だな」

と、苦笑した。

「いらっしゃいませ」

杏がオーダーを取りに来る。

「俺もコーヒーだ」

「かしこまりました」

「――それで、重山さんは？」

と、美智子は言った。

「一応謝ってはいたが、言いわけめいていてな、却《かえ》って腹が立つ」

「あんな人じゃないと思ってたわ」

「あの女のことは、付合ってみるまであんな女だと分らなかったと言ってた。すぐに別れたが、女の方がつきまとって離れないんだそうだ」

「でも……」

「そんなのは言いわけだ、と怒鳴りつけてやった。どこまで俺を馬鹿にする気だ、と」

「それくらい言ってやっていいのよ」

「次の人事異動で、どこへ行くか分らんぞ、と言ってやったら、真青になってた」

と、山崎は笑った。

「そう……。自業自得よね」

山崎の前にコーヒーを置いた杏がカウンターの方へ戻ると、電話が鳴った。

「はい、ラウンジです」

と出ると、「——ちょっとお待ち下さい。——え？」

「山崎さんというご夫婦の、奥様の方を呼んでほしいんですが」

「はあ、そちらは……」

「呼んでくれればいいんです。ただし、ご主人に怪しまれないように」

「は？」

そんな難しいこと言われたって——。

「お客様の山崎様……」

と呼ぶと、振り向いたのは、例の仲人夫婦だ。

「あの——奥様にお電話なんですが」

と、杏が言うと、

「あら、誰かしら」

と、美智子は席を立った。

山崎は自分のケータイを取り出して、仕事の電話をしている。

「——はい、もしもし」

カウンターの電話に出た美智子は、「どなた？」

「奥様。——重山です」

「まあ……」

「お願いがあるんです。お怒りはごもっともですが、一度だけ、私の話を聞いて下さい！」

「あなた、一体、どういうつもりで——」

「お願いです！　ご主人にはすっかり見放されてしまいました。このままでは、僕はもうおしまいです」

重山はそう言ったきり、しばらく黙ってしまった。

「——もしもし？　どうしたの？」

「いえ、何でも……。すみません」

「重山さん、あなた——」

と言いかけて、あわてて夫の方へ目をやり、「主人に知れたら、どうなると思うの？　即座にクビよ！」

と、押し殺した声で言った。

「よく……分っています」

重山の言葉は途切れ途切れだった。

「あなた……泣いてるの？」

と、美智子は言った。

「申しわけありません……。お恥ずかしいことです。でも、悔しいんです」

「それは……」

「分って下さい。——いえ、分っていただけないとは思います。でも、黙ってはいられないんです」

「——何か、話したいことがあるの？」

「はい。僕は決して信子を騙《だま》して捨てたわけじゃないんです」

「信子って、あの刃物を持ってた人ね」

「付合い始めて、すぐに僕は彼女が普通じゃないことに気付きました。ですから、すぐに別れたんです。でも、信子の方はそれを恨んで……」

「そういう人もいるわよね」

「もちろん、そのせいで、あの女性が刺されたことには、責任を感じます。でも、僕に何ができたでしょう」

「まあ……ね」

「いえ……。もうやめます。奥様のお時間をむだにしてしまって、申しわけありません。僕はもう恥ずかしくて出社することもできませんから、クビになるのも当然かもしれません」

「待ってよ、重山さん」

「色々お世話になりました。このご恩は一生――」

「ちょっと！　これからどうする気？」

「ご心配なく。〈R交易〉の社員であることをやめてから、自分の身は始末をつけます」

「始末って……」

美智子は一瞬青ざめて、「まさか、あなた、早まったことを――」

「ご迷惑はかけません」

「でも――」

「ありがとうございました」

「待って！——待って、切らないで」

と、美智子は言っていた。

「奥様——」

「分ったわ。一度会って、あなたの話を聞くから。ね？　だから早まったことをしないでちょうだい」

「でも……」

「お願い。——主人には、私から何とかうまく話をするから」

「いけません。そんなことをお願いしようと思っていたわけじゃないんです」

「ともかくともかく、明日、昼間、うちへ来てちょうだい。主人は会社だし、明日はお手伝いさんも休みだから。いいわね」

「奥様……。ありがとうございます！」

「お願いだから泣かないでよ。じゃ、待ってるわ。できれば二時ごろに」

「二時ですね。必ず伺います」

「ええ、それじゃね」

美智子は受話器を置いて、席へと戻って行った。

「——ああ、じゃ、またかける」

夫もちょうどケータイを切って、「誰からだ？」

と、美智子へ訊《き》いた。

「いえ、知子《ともこ》さんよ」

美智子は、お手伝いの名前を出した。「明日から三日間、田舎へ帰るから、連絡が色々あって」

「そうか。じゃ、明日帰りに飯でも食おうか」

「あら珍しい」

「今日の厄落しだ。思い切り高級なフランス料理にするか」

「雪が降るわよ。――といっても、もう寒いわね、本当に」

と言って、美智子は笑った。

一旦《いったん》アパートへ戻った片山は、急いで普通のスーツに着替えた。

「そう何着もないんだ。これ以上汚したら大変だ。なあ、ホームズ」

「ニャー」

「ネクタイが合わないって？――だけど、他じゃ派手すぎないか？」

と、数少ないネクタイを何本か合せてみた。

「ニャー」

「ま、それどころじゃないな。仕事仕事」

片山は出かけようとした。「じゃ、ホームズ、留守を頼むぞ」

「はいはい、ごゆっくり」

「うん、行って来る」

と言って——ホームズが返事した？

振り向くと、玄関に、児島光枝《こじまみつえ》が立っていた。

「叔母《おば》さん！　ああ、びっくりした！　入って来るときは何か言って下さいよ」

「言おうと思ったら、義ちゃんがホームズとおしゃべり始めるんですもの」

児島光枝は上り込んで、「仕事なの？」

「そうなんです。今日は——何か晴美と約束でも？」

「違うわ。義ちゃんによ」

と、光枝はバッグから封筒を取り出した。

「叔母さん、もしかして……」

「もしかしなくても、お見合写真よ」

「今日は仕事なんです。勘弁して下さい」

と、片山はため息をついた。

この叔母は、片山兄妹に結婚相手を見付けることこそ我が天職、と信じて疑わない。

「じゃ、ともかく写真を置いて行くから」

「分りました。でも――」

「今日は結婚披露宴に出たんでしょ？」

「え？――あ、ええ、まあ」

「何といっても、幸福そうな花嫁花婿を見れば、『ああ、自分も』と思うでしょ！　だから持って来たの」

「そうですか……」

片山は、叔母が「最悪のタイミング」で、お見合写真を持って来たことを、さすがに言い出せなかった。

片山が出かけようとしていると、ケータイが鳴った。

「――もしもし」

「片山さん！」

「石津《いしづ》か。どうした？」

「あのとんでもないことが」

「何だ？」

「連行した折江《おりえ》信子なんですが……」

「どうかしたのか」

石津はしばらくためらってから言った。

「自殺してしまったんです」

片山は絶句した。

「――ほんのちょっとの隙に。申しわけありません！」

「死んだのか！」

「はあ。毒薬を持ってたようで。急いで手当てしたんですが」

「そうか。やれやれ……」

片山は、栗原《くりはら》課長の渋い表情を思い浮かべた。

「本当にすみません」

「死んじまったもの、仕方ない。――家族を捜してくれ」

「はい、すぐに」

「僕は、重山と話をしなきゃいけない。式場へ戻る」

片山は通話を切った。

「――誰か亡くなったの？」

と、光枝が訊く。

「ええ……。今日の披露宴で花婿を刺そうとした女が、自殺したんです」

光枝は、ただ呆気《あっけ》に取られているばかりだった……。

6　計算違い

「大体、男なんて、我ままなくせにだらしがない！」

と、須田ゆきは主張した。

「まあね」

「何で、そんな生きものと好きこのんで、一緒に暮さなきゃいけないんだ？」

「さあね」

「私、もう一生独身で通すわ。決めたの。反対しないでね」

「はいはい」

晴美は、須田ゆきと二人で飲んでいた。

ゆきがやけ酒になるのは分らないでもないが、もともと惚《ほ》れっぽいゆきのこと、あまり本気で聞いてはいない。

「——ああ、スッキリした！」

ゆきは、ちょっと洒落《しやれ》たパブを出て、思い切り伸びをした。

「ゆき、大丈夫？」

「平気。こんなの酔ったうちに入らないわよ！」

「でも、今夜はもう帰って。お宅で心配してるといけないから」

「ちゃんと連絡したわ」

「でも、一応ご両親は気になさってるわ」

「分った！　帰るわよ」

「タクシー、拾おう」

と、晴美は、空車を捜した。

「あ、来た来た」

と、ゆきが手を上げると、空車が一台、歩道の方へ寄せて停った。

すると、若い男がその車へと歩み寄って、乗り込もうとした。

「ちょっと！」

ゆきが声を上げた。「その車、私が停めたのよ！」

振り向いたのは、スラリと背が高く、彫りの深い顔立ちのハンサムな青年。

「やあ、失礼。僕も手を上げてたんで」

「あら……。じゃ、そちらが」

「いや、どうぞ。どう見ても、あなたの方が目立つはずですからね」

快く譲って、ニッコリ笑う。

ゆきは、ちょっとの間その青年を眺めていたが、

「あの――お一人？」

「ええ」

「どちらへ行かれるんですの？」

「三軒茶屋《さんげんぢゃや》です」

「じゃ、同じ方向だわ。ご一緒にいかが？」

「よろしいんですか？」

「ええ。――じゃ、晴美、またね」

晴美は言葉もなく、ただちょっと手を振って、二人がタクシーに乗り込むのを見ていた。

「――ちっとも同じ方向じゃないでしょ！」

と、タクシーを見送って、「呆《あき》れた！」

「もてる奴はもてる」

と、晴美は言った。

「そんなもんさ」

片山は肩をすくめて、「子供じゃない。大丈夫さ」

「一応、お宅へ連絡しといたから、無事帰宅したら、電話してくるはず」

晴美は仏頂面で、「こりないんだから、全く！」

——晴美は、片山に連絡して「事件」を知った。

片山の方は、式場へ戻ると、重山がもう帰ってしまっていて、仕方なく改めて翌日話を聞くことにしたのだった。

今、二人は待ち合せて——楽しくない場所へと着いたところである。

「ここです」

と、石津がドアを開ける。

布に覆われた死体。——折江信子である。

「すみません」

と、石津はしおれている。

「仕方ないわよ。そんな毒薬を持ってるなんて……」

晴美は布をそっとめくった。

照明の下、折江信子の表情は、穏やかに見える。

「——しかし、違う相手を刺して、なぜ自殺するんだ？」

と、片山は言った。「重山を刺して、自分も死ぬっていうのなら分るがな」

「そうね。でも、もう重山は殺せないわけだし」

「うん……」

片山は、どうもスッキリしない気持であった。

「どこに毒薬を持ってたんだ？」

「それが、よく分らないんです」

と、石津が首をかしげる。「連行したとき、身体は調べてるんですが」

「ニャー……」

ホームズが死体のそばへ寄った。――晴美がアパートへ寄って連れて来たのだ。

ホームズが鼻を寄せて、匂いをかぐ。

晴美が、死体を覆う布をすっかりめくると、ホームズは、ていねいに匂いをかいで行った。

信子はまだ犯行時のウエイトレスの格好をしている。

「――ニャン」

と、ホームズが顔を上げた。

「そこか？」

ホームズが前肢《まえあし》の爪で引っかけたのは、スカートの裾《すそ》。

「見て」

晴美が裏返すと、縫目がほどけて、折り返した部分がほんの数センチ、開いている。

「ここへ縫い込んだのか」

「でも、変ね。——この制服を借り出して、そんなに時間はなかったはずよ」

「うん……。この縫目もていねいだ」

と、片山もかがみ込んで、「折江信子は、前の日にでも制服を持ち出してたんじゃないかな」

「だとすると……」

「あの主任の荒井敬子を、もっと調べてみよう」

片山は、もう一度、折江信子の死体をそっと布で覆った。


荒井敬子はクシャミをした。

「誰か私のこと、噂してるのかしら」

それとも風邪を引いたのか。——今日は遅番で、式場での仕事を終えて家路についたのは、午後十時を回っていたのである。

十一月も末だ。夜風はもうすっかり真冬だった。

「表の玄関」は華やかで、ピカピカに磨き上げられている結婚式場も、「職場」の一つに過ぎない。今、荒井敬子が出て来た〈社員通用口〉は、何も知らない人が見たら、まるで動物園の猛獣にエサをやるための、小さな出入口みたいだ。

そのこと自体は、いずこも同じ、「社員にぜいたくさせる必要はない」という常識を実行しているに過ぎない。

でも——指の跡など一つもない、金ピカの階段の手すりや、チリ一つ落ちていないロビーのカーペットなどを見て、

「さすがは由緒ある結婚式場だ」

と感心するお客が、実際の式場の会計状態を知ったら、腰を抜かすかもしれない。

「——荒井さん」

後ろから声をかけられて振り向くと、あの、やたらに元気な新人、三宅杏だ。

「ああ、あんたなの」

と、敬子は言って、「今夜、遅番だった？」

十年以上も働いていると、無意識の内に、今夜は誰が早番で誰が遅番か頭へ入れている。

「いいえ」

と、三宅杏はコートのえりを立てながら、「本当は六時で上りだったんですけど、ラウンジの主任さんに、もし予定がなかったら残って、って言われて」

「まあ。大変だったわね」

「いいえ、別に予定ないし。デートでもあれば、断然拒否したんですけど」

と言って、三宅杏は笑った。

敬子には、この明るさがまぶしい。

「今、うちも大変なのよね」

と、敬子は言った。「知ってるでしょうけど、凄《すご》い借金抱えて、青息吐息」

「ええ、聞いてます」

と、杏は肯《うなず》いて、「人事の人から、入るときに言われました。『うちは、もしかして突然倒産するかもしれないよ』って」

「夢のない話ね」

と、敬子は笑った。

――時代の変化が、不況に追い討ちをかけた。

若い人たちは、レストランでの挙式などを好むのだ。

仲人《なこうど》も立てず、神前でなく、「人前」結婚式。――商売上のこととは別に、敬子などには、何だか物足りない気がする。

結婚は、もっと厳粛なものではないか。

「形式ばったのはいや」

と言うけれど、大げさに形式を重んじた式を挙げることで、「結婚って大変なことなんだ」と自覚するのでは……。

今どき、こんなことを言ったら笑われるかしら。

「あなたは今いくつ？」

と、歩きながら敬子は杏に訊《き》いた。

「十九です」

「十九！　十九歳？」

敬子は大げさに目をむいて、「若いわね。遠い昔だわ」

風が強くなった。「おお寒い！」

「荒井さん、ケータイ、鳴ってません？」

「え？――あら、本当だ」

敬子はバッグの中を引っかき回して、やっと鳴り続けるケータイを取り出した。そして着信の相手を見ると、

「先に行って」

と、杏に言った。

「じゃ、お先に」

杏が会釈して歩いて行くのを見送って、敬子はケータイに出た。

「――もしもし。――ええ、今帰る途中なの。何かご用？――え？　今から？」

敬子は当惑した様子だったが、「――ま、構わないけど。出て来られるの？――そう。じゃ、こう寒いと、外で待ち合せも辛《つら》いから、私、一足早くホテルに行ってラウンジでお

茶をしてるわ」

敬子の口調は浮き浮きとしていた。

「じゃあね。早く来てね」

通話を切ると、敬子はそのまま自宅の番号を押した。

「——あなた? 今夜、仕事の仲間と食事することになってたの。——仕方ないじゃない。私も忘れっぽくなったのよ。だから、何か出前とるか、お弁当買って来るかして、みんなで食べてて。お願いよ」

夫の返事など待つこともせず、敬子は切ってバッグの中へケータイをしまうと、寒い風も何のその、鼻歌など歌いながら、ちょうどやって来たタクシーを停めた。

敬子が、タクシーの走り出すより早く、コンパクトを出して、化粧の〝のり〟を確かめていなかったら、ついさっき別れた三宅杏が、少し先で足を止め、ものかげに隠れて、敬子の声に耳を傾けていたことに気付いたかもしれない……。

「やれやれ、くたびれた」

片山はアパートへ帰ると、ネクタイをむしり取り、上着を放り出し、ズボンも脱いで、ドサッと畳の上に引っくり返った。

「ちょっと!」

晴美が眉《まゆ》をひそめて、「そういう風だから、結婚相手が見付からないのよ」

「俺だって、よその家や外でこんな格好はしない」

「当り前でしょ」

「今日は大変だったんだ。少しは手足を伸したっていいだろ」

何しろ、須田ゆきと重山広之の結婚式に出席したら、折江信子が杵谷淳子を刺し、大騒ぎ。しかも、その折江信子が自殺してしまった。

何といっても、警察側の不注意と言われるのは避けられない。

明日のことを考えると、気が重いのだ。

「そのまま寝ると、風邪ひくわよ」

と、晴美は言った。

「起きるよ。ただ横になってるだけさ」

と、片山は大きな口を開けて欠伸《あくび》をした。

――刑事でも、玄関の鍵《かぎ》をかけ忘れることはあるものだ。

チャイムが鳴って、晴美は台所に立っていたので、

「お兄さん、インタホンに出て」

と、声をかけた。

「ああ……。誰だ、こんな時間に？」

と起き上ると――。

玄関のドアが開いて、

「あの……今晩は」

と、顔を出したのは、三宅杏だった。

「あ――。どうも」

片山も、ちょっと面食らった。

そして、杏があわてて目を伏せるのを見て、「どうしてだろう?」と思った。

晴美がタオルで手を拭《ふ》きながら出て来て、

「お兄さん! 奥へ引っ込んで!」

「え?」

そうか!――片山も初めて自分の格好に気が付いて、ズボンや上着をつかんで、奥へと駆け込んだ。

「もう、いやね、男って! どうしてああだらしないのかしら」

晴美は怖い顔で奥の方をにらむと、「まあ、よく分ったわね、ここが」

「すみません。いきなりやって来てしまって……」

三宅杏はペコンと頭を下げた。

十分後には、片山もまともな格好で話を聞いていた。

「じゃ、あなた、私の後輩？　まあ、そう言ってくれれば良かったのに！」

晴美はニコニコしている。

「すみません。私、晴美さんに憧《あこが》れていて、一度、学生名簿の住所を見て、ここを捜して来たことがあるんです」

「まあ、それで……」

「話を戻すけど」

と、片山が言った。「荒井敬子さんが倉庫で電話していた相手が、今夜彼女を誘ったに違いないと言うんだね？」

「あの話し方で分ります。相手の男は、荒井さんをどこかホテルへ誘ったんです」

「そうか……。いや、僕らもね、疑問の点が出て来たんで、明日もう一度荒井さんに話を聞くつもりだったんだ」

「でも、お兄さん。もしその男が背後にいたとしたら、今夜荒井さんに口止めするんじゃない？」

「確かにな。――しかし、どこのホテルか見当もつかない」

「ニャー」

ホームズが頭を上げて、ひと声、咎《とが》めだてするように鳴いた。

「ホームズが意見してるわよ。無精するな、って」

「分ったよ」

と、片山は苦笑した。

「あの——」

と、杏が言った。「どこのホテルへ行ったのか、はっきりは分らないんですけど」

「何か心当りが？」

「荒井さん、一足先にラウンジでお茶を飲んでる、とか言ってましたから、恋人専用のホテルじゃなくて、ちゃんとしたホテルだと思うんです」

「そうか」

片山は都内のロードマップを持ってくると、「荒井さんはどこでタクシーを拾った？」

と、都心部のページをめくる。

「ええと……。会社、ここです。ここから、この方向へ歩いてて……。荒井さん、ここでタクシーを拾いました」

「そうか。すると、この方向か」

「待って下さい」

と、杏は眉を寄せて考えると、「——タクシー、ここを右折して行きました」

「確かだね？　それじゃ、この辺りか」

「すぐ近くなら、タクシーがいやがるから歩いたでしょ」

と、晴美が言った。「でも、ずっと遠かったら、地下鉄を使ったんじゃない？」

「そうだな。タクシー代をつかって惜しくないくらいの距離……」

地図から見て、可能性の高いホテルは二つだった。

「よし、行ってみよう」

片山も張り切って立ち上った。

「石津さんに連絡して、どっちかへ直行してもらいましょ」

と、晴美もたちまち目が輝いてくる。「三宅さん、行く？」

「はい！」

杏が張り切らないわけがない。

「ニャー」

ホームズも負けじと声を上げた。

7 一足違い

荒井敬子は、紅茶にウイスキーを少し落とした。

アルコールには弱いのだが、紅茶に落とすくらいなら却《かえ》っていい。

「――早く来て」

と、腕時計を見て呟《つぶや》く。

いくらか後ろめたい思いがある。――夫に対してではなく、二人の子供と猫に対してである。

夫がリストラされたときは、一緒に怒り、

「私が頑張って働くから、あなたはゆっくり次の仕事を捜して」

と言った敬子だった。

しかし、年齢からいって、夫はまだ四十前。仕事がないわけでもないと思うのだが、何度か面接に行っては、

「月給が安い！　人を甘く見ている」

とか、

「あんな仕事は俺向きじゃない」

「会社の雰囲気が悪い」

「受付の女の応対が悪い。ああいう会社はろくなもんじゃない」

と、まあよく並べたこと。

初めの内は、

「その内、いい所が見付かるわよ」

と言っていた敬子も、次第に腹が立って来た。

夫も仕事捜しに出歩くより、家でゴロゴロしている方が多くなって、怠けぐせがついた（としか、敬子には思えない）。

文句を言ってやると、初めは渋々出かけて行ったが、その内、プイとそっぽを向くか、ふてくされて寝てしまうようになる。

十年近い結婚生活は何だったんだろう、と敬子は、結婚式場の主任として忙しく働きながら嘆いていた。

そんなとき出会ったのが「彼」である。

単なる話し相手のつもりが、二度、三度食事する内、自然にそれ以上の仲になってしまった。

夫への気兼ねも、次第に薄れて行って、今では、

「私が夫と子供を養ってるんだもの。これくらいの息抜きはしてもいいわ」

と、浮気する男とそっくりの言いわけで自分を納得させていた。

紅茶を飲み干したところで、ケータイへ連絡が入った。

「もしもし。――ええ、今ラウンジよ。――ああ、分ったわ」

「君の名前で予約してある。先にキーを受け取って入っていてくれ」

「ええ、いいわ」

「部屋へ入ったら、このケータイへかけて、ルームナンバーを教えてくれ」

「はいはい。じゃ、早く来てね」

敬子は、手早く支払いをすませると、フロントへ行った。

名前を言うと、すぐに分った。

ルームキーを手に、エレベーターへと急ぐ。

敬子の思いは、彼との楽しい時間へと飛んでいた。

敬子がエレベーターに乗って行くのとほとんど同時に、片山と三宅杏がロビーへ入って来た。

晴美とホームズは、石津ともう一つのホテルで待ち合せている。

「ラウンジはそこだな。捜してみよう」

「はい」

片山と杏は、ラウンジの中をグルッと一回りしたが、荒井敬子の姿はない。

「間に合わなかったかな。それとも、ここじゃなかったか……」

と、片山は言った。

ウエイトレスが、空いたテーブルを片付けている。杏の目はごく自然に「同業」のその
ウエイトレスの方へ向いていたが――。

ティーカップや水のコップを盆にのせて行くそのウエイトレスへ、

「ちょっとすみません」

と、杏は声をかけた。

「は？」

「そのいれもの、ウイスキーですよね」

と、杏は小さなグラスの容器を指した。

「ええ」

「紅茶にウイスキー。――荒井さん、紅茶にウイスキーを入れて飲むんです」

と、杏は片山へ言った。

「ちょっと君ね」

片山は警察手帳を見せて、「それを飲んでたのは、三十五、六の女の人？」

「ええ……。年齢は知らないけど」

「いつ、出てった？」

「つい二、三分前ですよ」

と、ウェイトレスは言った。

「誰かと一緒だったかい？」

「一人でしたよ。でも、ケータイにかかって来て、話をしてから、すぐ出ました」

「呼び出したんだわ」

と、杏は言った。

「その人、どっちへ行ったか分るかな」

と、片山が訊《き》くと、

「フロントに真直ぐ」

「フロントに？」

「ここから見えるから。──部屋の鍵《かぎ》、もらいに行ったんだと思いますよ」

「ありがとう！」

片山と杏はラウンジを出て、ロビーを突っ切ると、フロントで声をかけた。

「──ああ、ついさっきですね。予約が入っていたので、キーをお渡ししました」

と、係の男性が言った。「あの女性が何か？」

「ルームナンバーは？」

と、片山は訊いた。「緊急なんです」

「分りました。——ええと、〈荒井敬子様〉ですね、ご予約は」

「その人です」

「部屋は〈803〉です。八階ですね」

「ありがとう」

二人はエレベーターへと急いだ。

「君が紅茶とウイスキーに気付いてくれたおかげだ」

と、片山はエレベーターの中で言った。

「偶然です」

と、杏は照れた。

「晴美たちへ連絡しておこう」

片山はケータイを取り出した。

「——もしもし。——今、部屋よ」

荒井敬子はベッドに腰をおろし、彼に連絡を入れた。「——部屋はね、〈803〉。間違えないでね」

「すぐ行く」

と、彼が言った。

「何分？　五分以上は待たないわよ」

と、敬子は笑った。

ドアをノックする音。――誰だろう？

ケータイを切って、敬子はドアの方へ急いだ。

「はい？」

「お飲物です」

と、声がした。

「まあ、早いわね」

敬子は、彼に連絡する前に、ルームサービスを頼んでいたのだ。いつものことだった。

ドアを開ける。

敬子が目の前の男を見て驚くよりも、鋭い刃物が敬子の心臓を貫く方が早かった。

「あなた……」

敬子がよろけて後ずさると、ベタッと床に座り込む。手からケータイが落ちた。

男は素早くケータイをつかむと、そのまま出て行った。

ドアが閉ると同時に、敬子はゆっくりと倒れた。

薄れて行く意識の中で、敬子が思っていたのは、二人の子と、そして猫のことだった。

夫にまで順番の回って来ない内に、敬子の意識はプッツリと途切れてしまった。


「〈807〉、〈805〉……。偶数と奇数が向い合ってるんだな」

片山は静かな廊下を辿《たど》って行った。

「ここだ」

〈803〉の前で足を止める。

片山はドアに耳を寄せて、中の様子をうかがった。

「──何か聞こえる？」

「しっ」

片山は杏を促してドアから離れると、「話し声はしない。荒井さんは今入ったばかりだから、相手はこれから来るんだろう。一緒にいるところを押えた方がいい」

「そうですね」

片山たちは廊下を少し先まで行って、曲り角に身を隠し、エレベーターを降りてやって来るはずの男を待つことにした。

「──もし、その男を捕まえることになったら、相手が暴れる心配もある。君は離れてるんだよ」

と、片山は言った。

「大丈夫です、私。一緒に取っ組み合っちゃう」

「気持はありがたいが、相手が刃物を持っていたりする可能性もある。刑事でもない君にけがでもされたら大変だ」

「片山さんがそう言うのなら」

「晴美の奴も刑事じゃないが、あれはそういうことに慣れてる。ホームズもいるしね」

「すてきなご兄妹ですね」

「そう見える？」

「ええ！——羨《うらやま》しい」

「そうかね……」

片山は、他人の目というのは分らないものだと思った……。

「——あれ？」

エレベーターの方からドカドカとやって来たのは、石津だった。

晴美とホームズは——ちゃんといた。石津の後ろに隠れて見えなかったのである。

片山が手招きすると、

「あ、あそこだ！　片山さん！」

と、石津が廊下に響き渡る声を上げた。

「馬鹿！　大声出すな！」

片山が目をむいた。

杏が隣で声を殺して笑っている。

「――そうですか。すみません」

事情を聞いて、石津は頭をかいた。

「仕方ないわよ。お兄さんの説明が悪かったわ」

晴美の言葉に、片山はムッとして、石津はニコニコしている。

「ニャー……」

ホームズが鳴いた。

「あら。――どこ？」

見れば、ホームズは〈803〉のドアの前にいる。

「おい、ホームズ、こっちだよ」

片山が呼んでも、ホームズは動かなかった。

「どうしたのかしら」

晴美がそばへ行って、小声で、「ホームズ、どうかした？」

ホームズの鼻先が、ドアからほんの数センチのカーペットについた、小さなしみを探る。

「このしみ？」

晴美は黒っぽく見えるそのしみをそっと指先で押してみた。──晴美の顔色が変った。

「お兄さん！」

「どうした？」

と、片山が駆けてくる。

「見て、このしみ……」

晴美の指先についたのは──。

「血じゃないか！」

「ドアの前に血痕《けっこん》が」

「──まさか」

片山はドアを叩《たた》いた。「──荒井さん！──荒井さん、いますか？」

返事はなかった。

「石津、すぐフロントへ行って、マスターキーを借りて来るんだ」

石津がエレベーターへと駆け出す。

「どうしたんですか？」

やって来た杏は話を聞いて青ざめた。

「じゃ、荒井さんが？」

「分らないよ。しかし……」

石津がフロントの係を連れて戻ってくる。

鍵《かぎ》をあけると、片山はハンカチでドアノブを回して開けた。

——真正面に荒井敬子が倒れていた。

胸もとに広がった血は、カーペットにしみ込んでいる。

「——死んでる」

片山は脈を取って言った。「何てことだ。あのとき、もう犯人は……」

「でも、すぐだったんでしょ？」

「たぶん犯人は先にホテルに着いてたんだ。部屋へ入った彼女がルームナンバーを知らせる。相手はすぐにやって来る……」

「じゃ、ほとんど私たちと入れ違いに逃げたんですね」

と、杏は言った。

「——遅くなりまして」

と、ドアの所で声がした。

びっくりしてみんなが振り向くと、飲物の盆を手にしたボーイが、開いたドアの所に立っていた。

一斉に振り向かれて、ギョッとしたボーイは、

「あの……人手が少なくて、遅くなりましたけど……」

と、恐る恐る言いわけした。

8　業務命令

「二時でしょ」

と、山崎美智子は言った。

「――え？」

重山が顔を上げる。

「二時に来てと言ったわ」

美智子はくり返した。

「そうでしたか？」

「そうよ」

「一時かと……。あのときは取り乱していましたから」

重山は息をついて、「もし二時だったら？」

「さあ……。どうだったかしら」

美智子は、いつも見る天井を見上げていた。

自分の家の天井を、こうしてまじまじと見上げることなど、めったにない。特に寝室では、ベッドに入るときには明りが消えている。

こんな昼間の明るさの中で、寝室の天井を見上げるなんて……。

「今、何時かしら？」

と、美智子は言った。

「今……一時四十分です」

重山は腕時計を見て言った。

四十分。——たった四十分前には、こんなことになるとは想像さえしていなかった。

お手伝いの知子が休みを取っているので、美智子は久しぶりに家事をこなしていた。

二時に重山が来ることは忘れていなかったので、一時半ごろになったら、身仕度をしようと思っていたのだ。

一時ちょうど、お風呂場《ふろば》の掃除をしているとき、チャイムが鳴った。

重山と知って、あわてた。髪も乱れていたし、化粧もしていない。

しかし、「出直して」と言う代りに、美智子は重山を中へ入れていた……。

「日常」の中へ踏み込んで来た重山は、初めから居間のカーペットの上に正座して、頭を下げた。

美智子の方がいたたまれなくなって、

「お願いだから、やめて」

と、重山を立ち上らせていた。

「お願いされる」はずの美智子の方が、「お願いする」立場になっていたのだ。

しかも、いきなり重山に手を取られ、手の甲に唇をつけられたら——映画じゃあるまいし、とうろたえる。

重山に抱きしめられ、半ば荒々しく服をはぎ取られる間も、「これって夢でも見ているの？」と、美智子は考えていた。

辛うじて、寝室へ場所を移させるのが、精一杯の「抵抗」だったのだ……。

「——結婚しなくて良かったわ」

と、美智子はベッドの中で言った。「あの女の子と」

「それは、彼女のために、ってことですか。僕が悪い男だから？」

「そうね。でも——私のためにも、良かった」

美智子は重山を自分から強く抱きしめたのだった……。

「ロンドン行きの話ですが」

と、重山はネクタイをしめながら言った。

「ロンドン？」

美智子は紅茶を出しながら「だって、主人がうんと言わないわ」

「でも、奥さんの口添えがあれば。――披露宴があんなことになって、しかも花嫁に逃げられて。どんな顔で出社しろと?」

「自分のせいでしょ」

と、美智子は笑った。

「そりゃないですよ。僕は女たちに望まれると断れない性質《たち》なんです」

「でも、いくら主人を説得しても、あんな事件の後で、あなたを予定通りに海外勤務に就かせたら、みんなから不満が出るわ」

「構やしません。僕の耳には届かない」

「待って」

美智子は真顔になって、「あなた、今日のことはどうするつもり?」

「今日のことは――大人同士ですよ。納得ずくの遊びでしょ」

重山はのんびりと紅茶を飲んだ。

「遊びでも、本気でやらなきゃ面白くないものよ」

「奥さん――」

「心配しないで。つきまとったりしないわ」

と、美智子は言った。「でも、一度だけじゃいやよ。みんなにどう思われようと、しばらくは日本で我慢するのね」

重山は渋い顔で紅茶を飲んだ。

「もう行きます」

「今夜、主人に話しておくわ。でも、何も約束はできないわよ」

と、美智子は言った。

――山崎の家を出て、重山はちょっと苦笑いすると、

「いい気なもんだ」

と呟《つぶや》いた。

ケータイを取り出して、かける。

「――もしもし」

「重山か」

と、山崎は言った。「今、どこだ？」

「部長のお宅を出たところです」

「そうか。――それで？」

「ご要望の通りに」

少し間があって、

「じゃ、家内と……」

「そのご希望でしたね」

「ああ、そうだ。――手荒な真似はしなかったろうな」

「ボタン一つ飛んでません。部長、約束は果していただけますね」

「ああ、もちろんだ」

「お願いしますよ」

「任せておけ」

「でも、部長」

「何だ」

「どうして、僕に奥さんを誘惑させたりしたんです？」

「お前の知らんことだ」

と、山崎は素気なく言った。

「見当はつきますが。――若い恋人がいることを奥さんに知られたとき、離婚なんてことにならないように、ですか」

「独身のお前にゃ分らん」

「まあ、僕は何も知らないことにしておきます」

「それが利口だ。お前の今後のためにもな」

「それから……これは、ついでのお願いなんですが」

「何だ？」

「色々出費が多くて。月給日まで少々あるんでね、現金を少しいただけると……」

「はっきり言う奴だ」

「もっとはっきり言ってもいいですが。部長のご依頼だということを、奥さんの前で」

「分った。いくら欲しい」

「とりあえず五十万ほど。年末に向けて、忘年会、クリスマスと続きますので」

「いいだろう。帰りに渡す」

「助かります」

　重山はホッとした。

　ケータイを切ってポケットへ入れる。

「そうか……」

　あの片山という刑事に呼ばれていたのだった。

　もちろん、気は進まなかったが、警察という「権力」を敵に回すのは得策でないと分っていた。

　ケータイが鳴り出し、出てみた。公衆電話からだ。

「――もしもし。――どなた？」

　雑音が多い。重山は、車の多い大通りに出ていた。

「もしもし？——何だって？」

「私、信子です」

重山はちょっと面食らって、

「お前——よく電話なんかしてられるな。警察に引張られたんだろ」

「ええ。でも、今は自由です」

「釈放されたのか？」

「会いに来て下さい」

「おい、待てよ。俺がお前のせいでどんな目に遭ったか——。もしもし？」

切れてしまった。

重山が舌打ちしてポケットへしまいかけると、ケータイがまた鳴り出す。

「——おい、何だっていうんだ？」

「今日、来てもらう約束だろ」

「失礼しました！　片山さんですね。今、そっちへ向おうとしていたんです」

と、あわてて言った。

「もうニュースで知っているかな」

「何でしょう？」

「折江信子だけど——亡くなったよ」

「は？」

重山は足を止めた。

「隠し持ってた毒をのんで死んだ。すぐ手当てしたが手遅れでね。彼女の身内とか、連絡先は分らないか。――もしもし？」

重山は青ざめて、電柱にもたれかかったまま、動けなかった。

「電話があった？」

片山が眉《まゆ》をひそめて、「いいか、折江信子はゆうべの内に死んだんだよ」

「でも、本当なんです！」

重山は、まだ冷汗をかいていて、せっせとハンカチで拭《ぬぐ》った。

「僕が電話する直前に？」

「ええ、これです」

と、重山はケータイの着信記録を見せた。

「公衆電話か。――あの世にも公衆電話があるのかな」

「やめて下さいよ！　僕はそういう話に弱いんです」

重山は本気で怖がっている。

「それでも、よく来たじゃないか」

「タクシーを拾って……。タクシー代、出ません……よね」

重山は首をすぼめた。

「折江信子のことを、詳しく訊《き》きたい」

片山は椅子にかけて、「彼女の家族のこととかは？」

重山は、すっかり怯《おび》えていたので、取調室へ連れて行くのも心配だった。片山は仕方なく一課の小さな応接室を使っていた。

「水を一杯、いただけますか」

と、重山は言った。「喉《のど》がかわいて」

「お茶ぐらい出すよ」

片山は応接室を出て、事務の女性にお茶を頼んだ。

「片山さん」

石津がやって来ると、「あの男は？」

「重山か？　今、応接にいる」

石津は声をひそめて、

「どうでした、きき、め、は？」

と言った。

「少し効きすぎたかな。すっかり怯えてる」

重山のような男は、少しおどしてやると、ペラペラしゃべり出す。そこで、片山は婦人警官を使って「折江信子から」と言って電話させたのである。

あれほど効果があるとは思わなかった。

「締め上げてやりましょう」

と、石津が張り切っている。

応接室へ戻ると、片山はお茶を置いて、

「じゃ、折江信子のこと、話してくれないか」

と、ソファに腰をおろした。

「ええ。何から話しましょうか」

重山がお茶を一口飲んで言った。

おや、と片山は思った。――ついさっきまでの、怯えた様子がガラリと変っている。

そうか。

「――君のケータイ、もう一度見せてくれないか」

「え？」

「構わないだろ？」

「ええ。――もちろん」

重山はポケットからケータイを取り出した。

片山は着信記録を出してみた。

つい二分前に、公衆電話からかかっている。

「これは誰からかかって来たんだい？」

「今ですか？　会社の上司です。僕のことを心配してくれてまして」

あの山崎という男のことだろうか。

しかし、ここで問い詰めても、とぼけられるだろう。

この男は見張っておく必要がある、と片山は思った。

「――折江信子と知り合ったきっかけは？」

と、片山は訊いた。

「向うから声をかけて来たんです」

「どんな風に？」

「ロンドンへ行く話が出て、あちこち飛び回っていたんです。外出して戻ったとき、くたびれたんで、会社の向いにある喫茶店に入って一息ついていました」

重山は、むしろ楽しげに話している。「コーヒーを飲んでると、急に誰かが目の前に座ったんです。それが、彼女でした」

「前から知ってたのか？」

「いいえ。でも向うは僕を見て憧《あこが》れていたそうで」

「それで突然？」

「お付合いして下さい、と言われまして」

「どこの誰かも分らないのに、付合う気になるのかい？」

「そうですね。——ま、その日の帰りに待ち合せてホテルへ行きましたから」

片山は呆《あき》れた。片山のようなタイプの人間には想像を超えた世界である。

「須田ゆき君と婚約してたんだろ、そのときは」

「もちろんです。でも、遊び相手は別ですよ」

「折江信子も好みだった？」

「いいえ。だって、ちっとも美人でも可愛くもないでしょ。ただ、たまにはいいんですよ、あの手の子も」

どうやら、重山には「愛情」などというものは何の値打も持たないらしい。

「で、彼女とは何度くらい？」

「一回きりです。本当ですよ」

「信子の方も、それでおとなしくしてたのか？」

「いえ、だからあんなことになったわけでね」

重山は肩をすくめて、「初めてホテルへ行ったとき、こいつは危いと思ったんです。本当にのめり込んで来る。だから、もうこれっきりだって、別れるときに言ってやりました」

「折江信子は何と？」

「決して諦《あきら》めないわ、と言ってました。暗くて、何だかじとっとした目でこっちをにらんでね。まさかあそこまでやるなんて思いませんでした」

――何かある。

片山はそう思った。折江信子は、たぶん本当にこの重山を好きだったのだろう。

しかし、誰かが彼女の背中を押したのだ。

大胆に自分から好きな相手を誘うというのは、折江信子のようなタイプにはふさわしくない。

しかも、事前にあの式場のウエイトレスの制服を手に入れ、その中に自殺用の毒薬まで縫い込んでいる。

誰かが計画し、折江信子を利用したのだ。

だが目的は？　この男を殺して、何か得になるのだろうか。

片山の目には、どう見ても重山は単なる「女たらし」としか映らなかった。

「晴美……」

目を開けて、杵谷淳子は意外にしっかりした声で言った。

「淳子。──どう?」

「うん……。痛い」

病室で、淳子は痛み止めの点滴を入れていた。

どうしても、少し頭がボーッとしてしまうのである。

「災難だったわね」

と、晴美はベッドのそばへ椅子を寄せて言った。「でも、良かった。命にかかわるような傷じゃないって」

「いくら親友でも、代りに死にたくないものね」

と言って、淳子はトロンとした目で晴美を見た。「晴美、水原君は……」

「うん、まだ意識は戻ってないけど、大丈夫だって」

「調べてくれたの?」

「一番知りたいことだろうな、と思って」

「ありがとう」

と、淳子は微笑んだ。

「──でも、いくら仲良しでも、二人揃って刺されなくても」

「私ね、晴美……。刺されて倒れるときに、考えてた。私、今、水原君と同じ痛みを経験してるんだ、って」

「淳子ったら」

と、晴美は苦笑した。

「痛くて、二度とごめんだけど、でも良かった。ゆきを救えたし、水原君と同じ痛みを経験できた」

と、淳子は言った。「刺した女の人、どうした？」

晴美は少しためらって、

「――あの人、自殺したわ」

「まあ」

淳子も思わず目をみはった。「気の毒に。死ぬことないのに……」

「ね、淳子、一つ訊《き》きたいことがあるの」

「何かしら？」

晴美は、あの日、ロビーで淳子の言ったことをくり返して、

「『私のせいかも』と言ってたのが忘れられなくて」

「そんなこと言った？――ああ、何となく憶《おぼ》えてるわ」

「あれはどういう意味なのか、知りたくて」

「そう……。もちろん関係ないことかもしれないけど、でも水原君が刺されたのは、ちょうど卒論を書き上げたところだったでしょ。もしかしたらその内容が……」

「卒論の内容？」

「そうなのよ」

と、淳子は言った。「私と水原君は、一つの殺人事件について調べたの」

「殺人？」

「ええ。犯人も捕まって、もう解決ずみだったけど、その事件を調べていくと、本当の犯人が別にいるって結論になったの」

「それって……。卒論を読ませてもらってもいい？」

「うん、もちろん。——でも、本当は関係ないと思うわよ。誰もあれを読んでなかったんだから」

「でも、ともかく読んでみたいわ」

「家にある。母に電話して、持って来てもらう？」

「私が取りに行くわ。お母さんは？」

「入院に色々必要な物があるから、って買物に行ってる。一時間もしたら戻ると思うけど」

「じゃ、お話ししておいてくれる？　私、また夕方にでも来てみる」

「うん。——晴美、ありがとう」

「ゆきも見舞に来るって言ってたわよ。でも、気がひけるみたい。淳子やお母さんに申しわけなくて」

まさか、他に恋人ができて忙しい、とも言えない。

ともかく一度は須田ゆきを引張って来なきゃ、と思う晴美だった。

9　依頼人

「どうなってるんだ」

と、栗原がため息をついた。

「どうも……。度々の不手際で、すみません」

と、片山は言った。

「まあ――運が悪い、とか、タイミングが悪いってことはある」

と、栗原は言った。「ともかく、まとめてみてくれ」

ここは特別捜査本部――ではない。

そう広くはないが、白い壁が明るく、天井が高いのでゆったりした感じを与える。

こんな静かで広い場所は、警視庁の中にはない。

ここは画廊である。

捜査一課長、栗原がここで個展を開いているのだ。むろん、仕事をサボっているわけではないが、一応画家として、一日に一度は顔を出していた。

記帳してある名前は、この三日ほどで百人近くに上り、栗原はすっかり気を良くしていた。

捜査一課の部下たちが入れ替り立ち替り、

「少なくとも五回は行くように」

と、上から命令されていることなど、栗原が知るわけはない。

記帳の名前も、当然でっち上げであるが、時として手配犯とよく似た名が出て来るのだった。

「――いい雰囲気ですね」

と、晴美が言った。

片山と一緒に、晴美と、そして足下にうずくまるホームズも居合せたのである。

「そうだろう？　このギャラリーは高いんだが、やはりそれなりにいい雰囲気なんだ」

絵の話となると、ついニコニコしてしまう栗原だった。

「それで、課長……」

と、片山は咳払《せきばら》いして、「事件としては別かもしれないんですが、S大学構内で、水原悠一が何者かに刺されて重傷です。居合せた恋人の、同じ四年生、杵谷淳子が、親友の結婚式に出席したところ、花婿に捨てられたという女が、披露宴の最中、刃物で花嫁を刺そうとしました。その前に立ちはだかったのは杵谷淳子で、友人に代って刃を受け、やはり重傷。しかし、水原ほどひどい傷ではないので、入院治療中ですが、話もできます」

「うむ」

「加害者は、花婿重山広之に惚《ほ》れて、振られたという恨みで、犯行に及んだと供述しましたが、この女の言葉はもうひとつ信用できないところがあります」

「つまり？」

「こういう恨みの犯行で、突発的に起るものは、そう綿密な計画を立てないのが普通です」

「うん、そうだな」

「しかし、折江信子というその女は、事前に自分にぴったりのサイズの制服を手に入れていた。そして折り返しの部分に毒薬を縫い込んでおくなど、そうたやすくやれるとは思えません」

「同感だ」

「結局、折江信子はそれについては何も供述しないまま自殺……。そこで、結婚式場の主任、荒井敬子が、制服を折江信子に貸してやったのでは、という疑いがあり、探ろうとしましたが、一足違いで何者かに殺されました」

「うむ……」

栗原はまたため息をつく。

「折江信子と付合っていた花婿、重山も何か隠しています」

と、片山は言った。「折江信子が重山に近付いたこと自体、誰かの企《たくら》みかもしれません」

「それで?」

「具体的な手がかりはないので、想像でしかないのですが……」

と、片山は言った。「折江信子は、道具として使われただけだという気がします。それ以外の事件は偶然とは思えません」

「でも、お兄さん。その場合、折江信子は何に使われたの?」

「うん、そこなんだ。——もし、杵谷淳子君がかばって刺されなかったら、当然重山が殺されていた」

「重山ね……。でも、どうして?」

「そこがよく分らない。あの重山が、そんな大した人間とも思えないし」

「ホームズ、どう思うの?」

と、晴美が足下のホームズに問いかけたが、ホームズはちょっと目を開けただけで、また寝入ってしまった。

「——ともかく」

と、栗原は言った。「折江信子が自殺してしまったのは痛かったな」

「申しわけありません」

「いや、どんなに用心していても、防ぎ切れないことはある。いざとなれば、俺が責任を取る。そのための課長だ」

栗原は腕組みをして、「ただ、これ以上の犠牲者を出さないことだな」

「充分に用心します。念のため、入院中の水原、杵谷の二人にも、警官をつけてあります」

「そうしてくれ」

晴美が、

「一つ、気になることが――」

と言って、バッグからフロッピーディスクを取り出した。

「何だ、それ？」

「ほら、淳子が言ってた、『私のせいかも』っていう……。この中に、水原君と二人で書いた卒業論文が入ってるの」

「それが事件と関係あるのか」

「分らないけど……。ただね、この論文、ある殺人事件についての研究なの」

「何だって？」

「まだ詳しく読んでいないんだけど、この研究の結論は、実際に犯人とされた人間じゃない、別の犯人がいるってことなのよ」

「その内容を――」

「でも、二人しか知らないはずだって淳子は言ってた」

「それが動機だとは考えにくいな」

「うん……。ただね、偶然だとしても、気になるじゃない」

「中身を読んで、何か分ったら教えてくれ」

「ええ。今夜、パソコンでじっくり読んでみるわ」

と、晴美はフロッピーディスクをバッグへしまった。

ホームズが顔を上げて、短く鳴いた。

「――栗原さん、お客ですよ」

と、晴美が言った。

ギャラリーに入って来たのは、黒っぽいスーツの女で、人目をひきつける美貌《びぼう》の持主だった。

「どこかで見た顔だ」

と、栗原が立ち上った。

「――失礼」

と、その女は受付のバイトの大学生に声をかけた。「この絵を描かれた方には、どうやったら連絡が取れるかしら？」

栗原は咳払いして、

「どうも……。私が栗原です」

「まあ、失礼しました」

三十五、六というところか。色白な、上品な色っぽさを漂わせた美人である。

「何か私に……」

「ええ。実は私、昨日初めてこの個展を拝見しまして」

二度も見に来た？　部下でもないのに。

片山は感心していた。

「忘れられないんですの、ここの絵が」

「そうですか。それはどうも……」

「ゆうべ一晩、考えました。そして思い付いたんです」

「はあ……」

「この絵を描かれた方に、ぜひ私の肖像画を描いていただこうって」

栗原も、さすがにしばらく言葉がなかった。

「――肖像画ですか」

「ええ。ずっと考えていましたの。写真ではもの足りない。誰か、これという方に絵を描いていただこうと」

「しかし……」

「いかがでしょう？　私のような者では、素材になりませんかしら」

「いや、とんでもない！」

と、栗原はあわてて首を振った。「充分すぎるほど、すばらしい題材です」

「まあ、嬉《うれ》しいわ！　では引き受けていただけます？」

「それがちょっと――。私は他にちょっとした仕事を持っておりまして」

「構いません。時間とお金は惜しみませんから、いかがでしょう？」

「それはしかし――」

「もちろん、私がおばあさんになる前には仕上げていただきたいですけど」

と言って、ニッコリ笑う。

その笑顔は、年齢に似合わぬ無邪気さを感じさせた。――栗原はその微笑にノックアウトされたらしかった。

「――かしこまりました」

と、栗原は頬を紅潮させて、「そこまでおっしゃられては、この栗原、お断りするわけにはいきません！」

「課長！」

と、片山があわてて、「そんな時間が……」

「分っている。仕事には支障が出ないようにする」

「しかし——」

「まあ、課長さんでいらっしゃるんですの」

と、女は言った。「じゃ、お忙しいでしょうね。どんなお仕事を？」

「いや、大した仕事じゃないんです」

栗原はそう言って笑った。

片山は、晴美が必死でふき出すのをこらえているのに気付いていた。

「——申し遅れまして」

と、女はバッグから名刺を取り出して、「私、内野《うちの》デルフィーヌと申します」

「は……。美しいお名前で」

「父がフランスと日本のハーフでした。私、小さいころはパリで育ちまして」

「はあ」

「内野と結婚して、この名に。——でも、夫は先年亡くなりました」

晴美が片山の腕をつついた。

「——痛いな。何だよ？」

「あの人……。〈内野製薬〉の会長の未亡人だわ。雑誌で見た」

「俺も見たことがあるような気がする」

と、片山は言って、「待てよ。——〈内野製薬〉だって?」

二人のひそひそ話が、その女の耳に届いたらしい。

「お気付きですね。——一昨年、世間をお騒がせした事件がございました」

片山が言った。

「確か、ご主人が殺された……」

「ええ、内野はマンションで殺されたのです。都心の隠れ家のようなマンションで」

「憶《おぼ》えています」

「幸い、犯人はすぐ捕まりました。——私、夫の跡を継いで、今、〈内野製薬〉の会長をつとめております」

「そうでしたか」

栗原は、やっと専門の話が出て落ちついた様子。「いや、あの事件は我々が出るまでもなく、素早く解決されて……」

「は?」

「いや、何でもありません」

と、栗原は首を振った。「では——どこで描くのがよろしいですか?」

「もし、おいやでなければ、私の家で。お恥ずかしいものですが、小さなアトリエもございます」

「それはすばらしい」

「では、今度のお休みの日にでも、一度おいで下さい」

「伺います！」

栗原は、すっかりその気になっている。

内野デルフィーヌは、名刺に電話番号を書き添えて、栗原へ渡した。

「これが私のプライベートな電話です。こちらへご連絡を」

「かしこまりました」

「では、楽しみにしております」

ていねいに、片山たちの方へも会釈して、内野デルフィーヌはギャラリーから出て行った。

──みんな、一斉にため息をつく。むろん、ホームズを除いて。

「課長！　そんな暇があるんですか？」

と、片山は言った。

「うむ……。どうも成り行き上、断るわけにいかなかった」

「いい加減だな……」

「お兄さん」

「何だ？」

「さっきの、淳子が卒論で取り上げた殺人事件ってね、その〈内野製薬〉会長が殺された事件なのよ」

晴美の言葉に、片山は唖然《あぜん》とし、ホームズはすっかり目を覚ました様子で、

「ニャー」

と、元気よく鳴いたのだった。

10　訪問

車は、ひっそりとした林の間を走っていた。

「この道で間違いないはずだ」

と、栗原が手もとの地図を見直した。

「空気の良さそうな所ね」

晴美が窓の外を見ながら言った。――晴美の膝《ひざ》では、ホームズが丸くなって寝ている。

「でも、さっきからずっと捜してるんですが」

ハンドルを握っている石津が言った。

「何を？」

「こんだけ走ってるのに、ファミリーレストランが一軒もないなんて、珍しいですよね」

「心配するな」

と、栗原が苦笑して、「ちゃんと向うで昼食を用意してくれている」

「あ、いえ。――そういう意味で言ったわけでは……」

「いいから、ちゃんと矢印を見落とさないように運転してくれ」

「はい」

昼食が保証されて、石津はホッとしたのか、気持良さそうに車のスピードを上げた。

「でも、課長」

と、片山が言った。「こんなに大勢で押しかけて構わないんですか？」

――今、片山たちは内野デルフィーヌの自宅へ向っているところだ。

「もちろんだ」

と、栗原が助手席から振り向いて、「あの女自身から、『ぜひご一緒に』と言って来たんだからな」

「私たちのことを知ってたんですね」

「俺のことを調べて、捜査一課長と知ってびっくりしたと言ってた。――もちろん、絵の打合せが第一の目的だが、お前たちのこともちゃんと調べたんだろう。何しろ『ホームズ様もご一緒に』と言われた」

栗原の話に、晴美はワクワクしている様子で、

「〈内野製薬〉っていえば、業界でも大手の一つでしょ。どんな豪邸に住んでるのかしら？」

と、膝の上のホームズをなでる。

「もうそろそろ見えるはずだが」

「——あ、あの矢印ですね」

見落とすはずのない、高さ三メートルはあろうかという〈内野〉という看板と矢印。

車はその矢印の方向へカーブした。

「でも、課長」

と、片山が言った。「やっぱり肖像画を描くんですか？」

「そのことも、今日話をする。しかし、どうしてもと言われれば、やはり画家のはしくれとして、絵筆をとらないわけにいかん」

当人はすっかりやる気である。片山も、それ以上は言わないことにした。

車で、その脇道を十分ほど行くと、門構えが見えた。

「あれですか」

「——想像してたほどじゃないわね」

晴美は少々拍子抜けの様子。

車が門の前に着くと、格子の門扉の向うに男がやって来た。

「栗原様ですね」

「そうだが——」

「デルフィーヌ様の秘書の吉沢《よしざわ》と申します。お待ちしておりました」

門扉が開くと、車は、何だか地味な平屋作りの建物の前に出た。

「――ここがご自宅ですか?」

車を降りて晴美が訊《き》く。

「いえ、ここからデルフィーヌ様のお屋敷へご案内いたします」

と、吉沢は言った。

吉沢は、大体片山と同年代らしく見えた。秘書というイメージがぴったりの、きちんとしたスーツ姿。

その家は「通り抜ける」だけだった。

「お待ちいただくこともあるので、部屋があります。今日は皆様の他に来客はありませんので、すぐご案内いたします」

吉沢が建物の裏側へ出るドアを開けた。

片山たちは目を丸くした。

そこに待っていたのは――ヘリコプターだった!

「この辺の山は、内野家の持物です」

と、吉沢が眼下に続く山並を見下ろして言った。

片山たちと吉沢、そしてパイロットを乗せた、かなり大きなヘリコプターは、山間《やまあい》の森の上を飛んで行った。

さすがに晴美も呆気《あっけ》に取られて、空からの眺めを楽しんでいるばかり。

「──デルフィーヌさんは、いつもこんな山の中にいらっしゃるんですか？」

と、片山が訊いた。

「いえ、普段はお仕事がございますので、都心にマンションを五つほどお持ちです」

「五つ……」

晴美が目を丸くして呟《つぶや》いた。

「お近くのマンションへ行って泊られるのです。でも、週末はこうしてご自宅に戻られます。休日も接待ゴルフ、といったことはなさいません」

吉沢は、雇い主のことがいささか自慢のようだ。

片山は、内野デルフィーヌがその「自宅」で誰と暮しているのか、訊いてみたかったが、着けば分ることだと思い直し、滅多に経験することのない「空中散歩」を楽しんだ。

高所恐怖症の片山としては、ふしぎなことだが、少しも背筋がゾクゾクして来ない。たぶん、自分が空中を飛んでいるという実感がないのだろう。

そして、三十分以上も飛んだだろう。ヘリコプターは少しずつ高度を下げて行った。

「──ご自宅が見えました」

と、吉沢が言って、みんなヘリの飛んで行く先を見た。

白亜の館《やかた》が、森を切り拓いた広大な敷地の中に建っている。

「凄《すご》い」

晴美も、他に言葉が見付からない。

広々とした庭は幾何学模様を形造っている。

「着陸します」

と、吉沢が言った。

ちゃんとヘリポートがある。

ヘリを降りると、片山たちは吉沢について白亜の洋館の中へと入って行った。

「――お待ちしていました」

内野デルフィーヌが迎えに出ていた。

「どうも……。びっくりすることばかりで」

と、栗原が館の中を見回す。

「こちらの方ですわ、びっくりしたのは」

と、デルフィーヌが微笑んで、「あのすてきな絵を描かれたのが、警視庁の捜査一課長さんだなんて。これも何かのお引き合せかもしれませんね」

「といいますと？」

「そのお話は後で。――お昼に軽いお食事を用意いたしました。よろしければ、お召し上り下さい」

「喜んで召し上らせていただきます！」

と、石津が勢い込んで言った。

「――こちらへどうぞ」

と、デルフィーヌは先に立って、「ホームズさんには別の食事を用意してございます」

「ニャー」

「恐れ入ります、と言ってます」

晴美の翻訳に、デルフィーヌは笑った。

昼食とはいえ、広いダイニングルームの席で、ちゃんとコース料理が出て晴美などは感激したが、石津はやや量的に物足りないものがあったらしい。

ホームズはテーブルの傍に焼魚などを出されて、きれいに平らげていた。

「――いや、結構でした」

食後のコーヒーを飲みながら、食事の感想を訊かれて、栗原が代表してそう答えた。

「実は――」

と、自分もコーヒーを飲みながら、デルフィーヌが言った。「せっかくこうして、犯罪捜査の大ベテランの皆様においでいただいたので、ぜひご相談したいことがあるのです」

「といいますと……」

「ご存知の通り、主人、内野泰吉《やすきち》は一昨年殺されました」

と、デルフィーヌは言った。「犯人はじきに捕まりました。私はそれで一応心の中でけじめをつけた気でいたのです。ところが……」

と、少し間を置いて、

「二、三か月前、二人の大学生が私に会いたいとやって来ました。男の子と女の子でしたが、女の子の方がリーダーシップを取っている様子でした」

片山と晴美は顔を見合せた。むろん、その二人とは――。

「二人の話に、私はびっくりさせられました」

と、デルフィーヌは続けた。「主人が殺された事件について、二人はもう一度色々な資料に当って調べていたのです。そして、捕まった犯人は本当の犯人ではない可能性があると言ったんです」

「それで、あなたはどう言われたのですか？」

「私は面食らうばかりでした。万一、その二人の言うことが正しければ、本当の犯人が大手を振って歩いていることになります。――私は、その二人の学生さんの質問に答えました。その後、二人からは連絡がないのですが……」

「連絡したくてもできなかったんです」

と、晴美が言った。「ご存知なかったんですね。その二人、杵谷淳子さんと水原悠一さんの二人とも、今入院中です」

「入院？」

「刺されたんです」

晴美の言葉に、デルフィーヌもさすがに言葉を失った様子だ。

そして、晴美が二人の刺されたいきさつを手短かに話すと、

「――知りませんでした」

と、デルフィーヌはひとり言のように呟いた。「それは、あのお二人の考えが正しかったということでしょうか」

「そこは今のところ分らないんです」

と、晴美は言った。「でも可能性はあります。少なくとも、水原悠一さんの方は、その卒論のせいかもしれません」

「しかし妙だな」

と、栗原が首をかしげる。「大学生が何か考えたところで、それが公式に確定した捜査結果を変えることはないだろう。学生を刺したりすれば、却《かえ》って疑惑を招くだけだ」

「はた目にはそう見えても、もし本当の犯人が別にいるとしたら、やはり心配になるでしょう。せっかく他の人間が捕まっているのに、と」

デルフィーヌは、なかなか論理的な頭脳の持主らしい。

「ともかく、偶然とは思えません。皆さんにお会いできたこと。——もし他に本当の犯人がいるのなら、ぜひ捕まえて下さい。主人も浮かばれません」

デルフィーヌの言葉はあくまで冷静で、それでいて、死者への愛情を強く感じさせるものだった。

「——分ります」

栗原が肯《うなず》いて、「そのお気持はごもっともです。しかし、警察というのは大変難しいところで、一旦《いったん》解決したとされた事件を再度調べるには、相当な根拠が必要なのです」

「あの学生さんたちの卒論ではいけないのでしょうか」

「それでは無理です。しかし、ご心配なく。この片山兄妹とホームズは、そういう上司の指導を無視しても、真実を追求する情熱に溢《あふ》れています」

「課長」

「何なら休暇を取ってもいいぞ」

勝手なんだから、全く！

しかし、デルフィーヌの前で喧嘩《けんか》するわけにもいかない。

「——では、今日の肝心のご用に」

と、デルフィーヌは立ち上った。「アトリエにご案内しますわ」

アトリエといっても——。

それは一軒の「家」だった。

敷地の中の小さな湖に面して建っている白い「小屋」——と、デルフィーヌは呼んだ——は、ガラス窓が大きく屋根の半分ほども広かった。すばらしい採光の建物だった。

「何とまあ……」

と言ったきり、栗原はアングリと口を開けて見とれている。

「主人が絵を描いたものですから」

と、デルフィーヌが言った。「私はさっぱり分らないんですけど、ここはアトリエとしてはどうなんですか？」

「——夢です」

と、栗原が言った。「絵筆を持ったことが一度でもある人間なら、こんな所で描いてみたいと思うでしょう」

「それでしたら、栗原さんもぜひここで私を描いて下さい」

「かしこまりました！」

栗原は一瞬のためらいもなく答えた。

片山はそっとため息をついた。——当分、栗原の頭の中はこのアトリエのことで一杯になるだろう。

「何かご注文は？」

と、栗原が訊《き》く。

晴美が、片山へそっと言った。

「注文されて、その通りに描けるの？」

「俺に分るわけないだろ」

片山は、やけ気味である。

「――私、あの長椅子が好きなんです」

と、デルフィーヌが、明りの中に置かれた、いかにもアンティークな長椅子を指した。

「一七世紀のフランスの物です。あれに、横たわっている姿勢で描いていただきたいんですの」

「すばらしい！」

栗原の方も興奮している。「それはあなたの雰囲気にぴったりです」

「嬉《うれ》しいですわ。同意していただけて」

と、デルフィーヌは笑顔で言うと、その長椅子のところへ行って、フワリと羽のように軽々とした動きで横たわった。

「――美しい！　今すぐにも絵筆を取りたいくらいです」

「じゃ、ぜひ栗原さんのイメージをふくらませていただきたいわ」

「努力します」

と、栗原が一礼する。

「では、戻りましょうか」

と、デルフィーヌは立ち上って、「あ、それから、もちろん本当に描いていただくときには、私、全裸でここに横たわりますから」

「なるほど、すぼら……。今、何とおっしゃいました？」

「ここに全裸で横たわる、と申し上げましたの」

——栗原の顔から、血の気がひいて行った。

11 檻

「警視庁捜査一課の片山と申します」

と、用意した紹介状を差し出す。

「ご用件は？」

窓口の向うで、制帽の男が無表情に訊いた。

「こちらの所長さんにご連絡してあると思うんですが……」

相手はジロリと片山をにらんで、

「私は所長じゃないので、聞いていません」

「あ、そうですか」

こんなことで気を悪くしていては仕方ない。

「こちらにいる、尾田敏也に面会したいんですが」

と、片山は言った。

「受刑者ですか」

「はい、そうです」

「ここには職員もいますのでね」

「どうも……」

「そこで待っていて下さい」

と、固い木のベンチを指す。「後で呼びます」

「後で、というと、大分かかるんですか？」

「後は後です。ともかく待っていて下さい」

「はあ……」

片山は仕方なく、一緒に来た石津を促して、ベンチに腰をおろした。

「協力的じゃありませんね。こっちは刑事なのに」

と、石津が文句を言った。

「しっ。静かだから聞こえるぞ」

と、片山は言った。「向うも仕事さ」

――片山も犯人を逮捕はするが、その犯人が収監される刑務所には、滅多に来たことがない。

一種異様と思えるほど静まり返っていて、人の気配がない。

「昼間だから、色々作業とかやってるんだろう。前もって話してあっても、そうスンナリとは行かないようだな」

仕方ない。ともかく遠くまで出かけて来たのだ。会わずに帰るわけにはいかない。

——片山と石津は、内野製薬の会長だった内野泰吉を殺した犯人として十五年の刑に服している尾田という男に会いに来たのである。

もちろん、裁判で主なことは明らかにされているはずだが、尾田自身、殺害を認める供述をしていたので、ほとんど審理は行われず結局、「当人が後悔の念を抱いている」という情状を考慮して、十五年という刑が確定した。

尾田は上告せず、この刑務所で服役しているのだ。

だが、もし杵谷淳子と水原悠一の卒論にあるように、「他に真犯人がいる」のだとすれば、尾田はなぜ罪を認めたのか。

片山も、刑事として公務で尾田に会いに来たのではない。あくまで個人の資格だ。

ただ、栗原がたまたまここの刑務所長を知っていたので、面会できるよう頼んでくれていた。

紹介状の効果か、三十分ほどで片山と石津は接見室へ通された。

「ここで待っていて下さい」

どうも「待たせる」ことの好きな所だ。

今度は十分ほどで、透明な仕切りの向うでドアが開いた。

色々資料は読んで来ているのだが、それでも、片山は目の前に現われた男があまりに若く、きゃしゃに見えて、面食らった。

「どうも……」

と、頭を下げて、片山と向い合って座る。

やや、気まずい感じの沈黙があった。

片山は咳払《せきばら》いして、

「ええと……尾田……敏也君だね」

と言った。

「はい」

青白い、生気のない表情である。——刑務所にいるせいか？

「僕は片山。東京の警視庁から来た刑事だ」

「伺いました。——僕、何かやったんでしょうか」

「何かやった、って？」

「刑事さんに逮捕されるようなこと、やってたかな、と思って」

「君——だけど、刑務所に入ってるんだから、何もできないじゃないか」

「入る前に何かやってたのかと思って……」

片山は、ふと胸が痛んだ。

尾田は確かに殺人犯なのかもしれないが、それはそれとして、尾田にとって、警察は、「自分を捕えに来る」ものなのだ。

警察は人を捕えるためだけのものじゃない、本当は市民を守るためにあるのだ。尾田は、守られたことがないのだろう……。

「別に、君を逮捕しに来たわけじゃない」

と、片山は言った。「ただ、君が殺した内野さんのことについて、少し話が聞きたい」

「すみません。とんでもないことを——」

「とんでもないこと？」

「いえ……。何でもありません」

そのとき、尾田の視線が片山の後ろへと動いた。

片山が振り向くと、石津が覗《のぞ》き込むようにして、尾田のことを眺めている。

「おい、何してるんだ。——これはね、やっぱり東京から来た刑事で、石津っていうんだ」

と、片山が言うと、

「尾田……。お前、敏ちゃんか？」

と、石津が言った。

尾田の目が大きく見開かれた。

「石津？――石津か！」

尾田は、別人のように活《い》き活きとした表情を浮かべて、驚きを表現した。

片山は面食らって、

「石津、お前――知ってるのか？」

「小学校のとき、一緒のクラスだったんです！　懐しいなあ！」

石津は、思わず握手しようとして、手を差し出した。当然透明な仕切り板にぶつかって、

「いてて……」

と、顔をしかめる。

しかし、尾田の方は、「懐しい」などと呑気《のんき》なことは言っていられないらしかった。

突然、幼なじみに会ってしまったことはショックだったのだろう。

尾田は立ち上った。弾みで椅子が後ろへ倒れ、凄《すご》い音をたてる。

看守がやって来た。

「戻ります」

と、尾田が言った。

「尾田！　敏ちゃん！」

石津が呼んでも、尾田は聞くことさえ拒んでいるようだった。

尾田は片山へちょっと会釈すると、そのまま行ってしまった。

片山は呆気《あっけ》に取られていたが、

「おい、石津……」

「はあ、いや、びっくりしました！」

石津は興奮気味で、「まさか、こんな所で尾田と会えるなんて！」

「しかしな、石津」

「はあ」

「肝心の話は、まだしていなかったぞ」

「あ……。すみません！」

石津は頭を叩《たた》いて、「片山さんも叩きます？」

と、訊《き》いた。


片山と石津が尾田敏也と面会していた、ちょうどそのころ、その刑務所の高い塀を見上げながら、晴美とホームズは冷たい風の中を歩いていた。

風は冷たいが、良く晴れた日なので、日なたを歩くと暖い。

晴美はマフラーを首に巻いて、首筋の寒さを防いでいた。

「――高い塀ね」

と、晴美は言った。「この塀を境に、中と外は別世界……。この中の一日は、私たちの一日と全然違うんでしょうね」

「ニャー……」

ホームズも、何か思うところがあるらしい。いつもより「考え深げな声」を出している。それとも「寒いよ」と言っていたのかもしれない……。

——片山と石津が、栗原のすすめに従って（？）休暇を取り、泊りがけでやって来たのはこの小都市の郊外にある刑務所。

晴美とホームズも、ちゃっかりついて来たわけだが、面会はやはり無理というので、こうして外を散歩している。

刑務所は、もう建ってずいぶんたっているのだろう。たぶん、建ったころは人家など周囲にない、山の中だったに違いない。

しかし今は——刑務所の塀沿いに広い通りが走り、バスが通っている。

通りの向うは団地、そして住宅地。

小学校もパン屋もスーパーもある。都市の中心部まで、電車で二十分ほどなので、ここは格好のベッドタウンなのだろう。

ちょうどバス停の所へ来ていた。

運行時刻表を見ると、やはり一時間に二本くらいしか走っていない。それも昼間のこの時間は一時間に一本。

「ニャー」

と、ホームズが鳴いた。

その一時間一本のバスがやって来るところだった。

「一本乗りそこねたら大変ね」

晴美は、バスを待っているのかと間違えられないようにバス停から少し離れた。

バスが停り、降りて来たのは女一人。

三十過ぎに見えるが、服装などに構っていないせいで老けて見えるのかもしれない。髪は年齢の割にずいぶん白くなっていた。重そうな手さげ袋には何が入っているのか……。

バスが行ってしまうと、女はうつむき加減で歩き出した。

すると――十歩も行かない内に、手にさげていた袋の底が突然抜けて、中のものがドッと落ちた。

「あー」

と、女の声が悲鳴のように聞こえる。

重かったのは本が十冊近くも入っていたかららしい。他にはビニール袋にくるんだ衣類や、いくつかのリンゴはくるんであった新聞紙から落ちて道を転った。

晴美は駆けて行って、転って来たリンゴを拾い上げた。

「——すみません！」

女は顔を真っ赤にして、しかし袋の底はすっかり抜けてしまって、どうしていいか途方にくれている。

「これじゃもう使えませんね」

晴美はその袋を見て、「——ちょっと待ってて下さい」

と、通りを渡り、喫茶店を兼ねたパンとケーキの店に入り、

「何か手さげの袋のようなもの、あったら売っていただけません？」

と、頼んでみた。

「面会の人ね」

と、店の女主人が、様子を見ていたらしく、「これ、古いけど、丈夫だから」

と、布製の袋をくれた。

「すみません。お代は——」

女主人は笑って、

「これでお金とったら、バチが当るわね」

「じゃ、いただきます。後でケーキを食べに寄ります」

「どうぞ。——あの女の人とお知り合い？」

「いえ、今、偶然に」

「そう。あの人、月に一回の面会の日には必ず来るのよ」

女主人は温い口調で言った。「大変ねえ。中の人は、自分のしたことを償ってるけど、残された人はね……」

晴美は、女主人のやさしさに触れて嬉《うれ》しかった。

もらった袋を手に、急いで女の所へと戻る。

「さあ、これ、もらって来ました」

「申しわけありません」

と、女は恐縮している。「——あ、私が自分でやりますから」

「いいですよ。二人でやった方が早いわ。ね、ホームズ」

「ニャー！」

いくらホームズでも、物を拾って布袋へ入れることはできない。

だが——ホームズは落ちていた一冊の本の見返しを前肢《まえあし》で押えていた。

「ホームズ、前肢をどかして」

と、晴美は拾おうとして……。

「——すみません」

と、女が頭を下げる。「あ、その本も——」

「お名前が」

晴美はその本を閉じて返しながら、「〈尾田敏也さん〉とおっしゃるの」

「はあ……。主人です。いま、この高い塀の中に」

尾田敏也といえば、兄たちが面会に来た当人である。

あの〈内野製薬〉の会長を殺した男だ。

「そうですか。ご苦労様です」

と、晴美は微笑んで、「差入れですか」

「ええ。認められないものもあるんですけど、ともかく持って行って、あちらが根負けして受け取ってくれるかもしれませんもの」

「頑張って」

「はい」

笑顔も寂しそうである。

「――後で、もしよかったらあの向いの喫茶店でお茶でも飲んであげて下さい」

と、晴美は言った。

「はい、そうします」

何度も晴美に頭を下げて、尾田の妻は刑務所の門へと急いで行った。

見送っていると、晴美のケータイが鳴った。

「お兄さん？　どうだった？　会えたの？」

話を聞いて、晴美は目を丸くした。「――石津さんの？　へえ！」

晴美は思い付いて、

「ね、お兄さん、今そっちへ尾田の奥さんが行くの」

「何だって？」

片山が面食らっている。

「面会によ。偶然会ったの。ね、所長さんって会えたの？」

「今、待ってるとこだ」

「じゃ、所長さんにお願いして。尾田の奥さんの差入れを全部認めてあげて下さい、って」

「どういうことだ？」

「説明は後でするわ。ね、お願いしてみて」

「分った。ああ、来たようだ」

「じゃ、外で待ってる」

晴美は通話を切ると、再び通りを渡って、あの店へと向った。

12　当夜

「出て来たわ」

と、晴美が言った。

片山は振り返って、ガラス越しに、刑務所の塀沿いに歩いている女を見た。

「あれが尾田の妻君か」

「そう。——話をしてみたいわ」

「連れて来ますか」

と、石津が腰を浮かす。

「待って」

と、晴美が止めた。「見てましょう。自分でここへ来るかもしれない」

——今、晴美たちは、あの布袋をくれたパン屋、ケーキ屋兼喫茶店でコーヒーを飲んでいた。

喫茶のテーブルからは、外の通りが眺められる。

尾田の妻は、さっきと打って変って、軽い足取りだった。あの布袋を手にさげているが、とても軽そうだ。

「ちゃんと差入れが許されたようね」

「所長に頼んだら妙な顔をしてた」

「——ほら、こっちへ来るわ」

尾田の妻は通りを渡ってやって来ると、店先で女主人に、

「この袋、ありがとうございました」

と、礼を言っている。

「どういたしまして。あら、今日は空？」

「ええ。初めてです。差入れの品、全部認めて下さって」

声が弾んでいる。晴美は出て行って、

「良かったですね」

と、微笑んで言った。「よかったら、ご一緒にお茶でも」

「はあ……」

尾田の妻は、片山たちを見ると、ちょっと気後れしたように足を止めたが、

「兄ですの」

と、晴美が紹介すると、ホッとしたような表情になった。

紅茶を頼んで、たっぷり温い牛乳と砂糖を入れて飲むと、尾田の妻は体のこわばりが溶けて行くように、

「おいしいわ！」

と、ため息と共に言った。

「尾田さん、とお呼びしても？」

「はい。尾田かなえと申します」

「隠しておくのはいやですからお話しします。兄、片山義太郎は東京の警視庁の刑事ですの」

晴美の率直な言い方は、尾田かなえに余計な警戒心を抱かせなかったようだ。

「まあ、東京からおいでに？」

片山が石津を紹介し、尾田の幼なじみと知ると、

「まあ、主人の古いお友だちなんて、初めてお会いしましたわ」

と、愉《たの》しそうに言った。

「面会したとき、何か僕らのことをご主人は言っていましたか？」

と、片山は訊《き》いた。

「いえ、何も」

「そうですか」

石津はそれを聞いて、

「でも、どうして僕と分ると席を立っちゃったんだろう」

と、いささかしょげている。

「びっくりして、何を話していいか分らなかったのよ、きっと」

と、晴美が慰めた。

「でも――」

尾田かなえは少し考えてから言った。「どうして刑事さんがわざわざおいでになったんですか？」

「ご主人に確かめたいことがありましてね」

と、片山は言った。「今夜はホテルに泊ることになると思います。明日もう一度会ってみましょう」

尾田が犯人ではないかもしれない、とは口にできない。尾田自身、罪を認めているのだし、妻に希望を持たせるのは気の毒だ。

「でも、私、今でも主人が人殺しをしたとは信じられないんです」

と、かなえが言ったので、片山はドキッとした。「主人が自分で犯行を認めたときは気絶しましたわ、ショックで」

「そうでしょうね」

晴美が肯《うなず》く。「犯行そのもののことで、奥さんに何か話しましたか？」

「何も言ってくれません。――『ともかく俺がやったんだ』と言うばかりで」

「奥さんは、何か思い当ることがありますか。ご主人がなぜ内野さんを殺したのか」

「さっぱり分りません」

と、かなえは首を振って、「でも、もう考えないことにしたんです」

「なぜです？」

「今さら考えてもどうにもならないし。もう服役しているんですもの。後は早く出て来てほしい。元気でいてほしいと思うだけです。もちろん――」

と、かなえは急いで付け加えた。「殺された方には申しわけないと思いますけど……」

無理もない。妻の身になってみれば、夫が突然刑務所へ入ってしまったのだ。一日でも早く出所してほしいと思って当然だろう。

それにしても、確かに不自然なところの残る事件だった。

たぶん、捜査一課のベテラン刑事が担当すれば、何か裏があるのでは、と考えているだろう。しかし実際には尾田敏也が内野泰吉を殺したと認めてしまったので、すぐに尾田を逮捕し、それで「一件落着」になってしまったのだ。

担当のK署は、そのころ内部での公金流用疑惑で揺れており、幹部が何人か辞表を提出していた。

それに、隣人同士の長年のトラブルが殺人に発展するという事件が起きて、K署では事前に危険のあることを知っていながら、放置していたことが分った。

K署はマスコミに叩《たた》かれ、署長の進退にも係る事態になっていたのだ。

そこへ、内野泰吉の殺害という大事件。〈内野製薬〉は誰もが知っている大手である。

何としても早く犯人を挙げろ！

署内がかなり焦っていたことは、想像できる。

そこへ、尾田敏也が犯行を認めたのだ。

K署は即座に会見して、事件解決を発表し、「速やかな解決を見た」ことを自慢した。

だから、尾田の自供に疑問を挟むようなことは、とてもできない雰囲気だったのである。

だが、もし尾田が犯人でないのなら、罪を認めたのはなぜなのか。

――片山に、栗原は言ったものだ。

「あくまで個人の資格だから、好きに行動していい」

既に解決したとされている事件を、もう一度調査するということは、担当した署や担当者の能力を疑うことになり、難しい。

栗原も、立場上それを命じることはできず、片山に任せたのだ。

片山としても、楽しい任務とは言えないが、理由はどうあれ、もし尾田がやっていない殺人の罪で服役しているとしたら、放ってはおけない。

単に無実の人間が刑務所に入っている、というだけでなく、本当の犯人が、逮捕されることなく自由に暮している〈いる〉はずだからだ。

——何があったのか。

片山は、内野の妻、デルフィーヌの話を思い出していた。

あの広大な屋敷を訪ねた日、コーヒーを飲みながら、デルフィーヌは片山たちに、その夜のことを話してくれた……。

いつものことだった。

「——今夜は赤坂《あかさか》に泊る」

と、内野泰吉から電話があった。

「はい」

デルフィーヌは、夫の言葉を、あまり真剣に聞いていなかった。

どこに泊ると言われようが、デルフィーヌにとっては同じことだったのだ。要するに、妻の待つ家には帰って来ない、ということである。

その電話があったのが、夜の九時過ぎ。

「どこへ行こうかしら……」

デルフィーヌは呟《つぶや》いた。

料理など、何年もしていない。――作っても、どうせ夫は食べないのだ。

デルフィーヌのいるマンションは、すぐ近くに二つの大きなホテルがあり、レストランも色々入っている。歩いても三、四分だ。

デルフィーヌは出かける仕度をした。

――高級マンションとして知られる、その建物は一見美術館かオペラハウスかという外観で、エレベーターで一階へ下りると、もちろんオートロックの中扉が二重になっていて、広いロビーへ出る。

大理石を貼ったロビーは、ラウンジ風にソファが置かれ、原則的に来客はここで応対する。

受付では夜勤の男性がデルフィーヌに、

「今晩は」

と会釈した。

もちろん、夜中でも受付が空になることはない。二十四時間、ガードマンも常駐している。

マンションを出ると、デルフィーヌは足を止めた。右のホテルか左のホテルか。

少し迷ったが、昨日右へ行ったので、今日は左にした。

駐車場を抜けていくとき、一人の男とすれ違った。

コートのえりを立て、顔を半ば埋めるようにして、その男は足早にすれ違って行った。

少し行ってから、デルフィーヌは振り返った。――今の男が、何となく知っている人間のような気がしたのである。

暗くて顔が見えなかったし、声を聞いたわけでもないのに、どうしてそう思ったのか……。

それは直感的な印象という他はない。

振り返って見ると、男の姿がマンションの中へ消えるところだった。

マンションの住人か。それなら今までに何度か会っていたのかもしれない。

デルフィーヌはまたホテルへと歩き出した。

――いつものレストランで一人食事を取っていたときだった。

デルフィーヌのケータイが鳴った。

夫からだ。

「――もしもし。――あなた？　もしもし？」

呼びかけて、やっと向うから、

「すぐ……来てくれ」

と、押し殺したような声がした。

「あなた……。どうしたの？」

デルフィーヌは、席を立ちながら、「もしもし、聞こえる？」

「来てくれ……。早く……」

苦しげな声が聞こえてくる。

「具合悪いの？」

レストランからロビーに出て、デルフィーヌは声を大きくした。「受付の人は？」

「早く……。早く……。殺される」

「今、何て言ったの？」

デルフィーヌは耳を疑った。

しかし、最後のひと言は、はっきりと聞こえた。

「殺される」

と言ったのだ。

「もしもし、あなた。――もしもし！」

それで通話は切れてしまった。

「大変だわ」

夫に何かあったのだ。いたずらでこんな電話をかけるような夫ではない。

デルフィーヌはあわてて席へ戻ってバッグをつかむと、レストランの支配人に、

「急用なの！　サインは今度来たときに」

と言い捨てて、ロビーへと飛び出した。

あの人——どこに泊ると言ってたっけ？

麻布《あざぶ》？　いえ、そうじゃない。

銀座《ぎんざ》でもない、赤坂？

そう、確か赤坂と言った。

デルフィーヌはホテルを出ると、客待ちしていたタクシーに急いで乗った。

タクシーが走り出す。道が空《す》いていれば五、六分の距離である。

「赤坂……。赤坂だわ」

自分に向って確かめるように、何度も呟く。運転手が心配して、

「お客さん、大丈夫ですか？」

と訊《き》いたほどだ。

「そこ——そこを右へ、坂を上って」

自宅のマンション以外は、ほとんど夫が一人で使っているので、デルフィーヌはそう何度も足を運んだことはなかった。

それでも間違いなく運転手に指示できたのは、赤坂のマンションが一番分りやすい場所にあったからだ。

「そこのマンションの前で」

震える手は、千円札のつもりで五千円札を取り出していたが、構わず、

「おつりはいりません」

と渡して、急いでタクシーを降りた。

運転手がびっくりしていただろう。

マンションのロビーへ入ってから、デルフィーヌは、ここの鍵《かぎ》を持っていないことに気付いた。

受付の呼出しボタンをくり返し押すと、奥から住み込みの管理人があわてて出て来た。

「内野の家内です」

「はあ、どうも……」

「主人の部屋の鍵を」

「――は？」

管理人がなぜか固まってしまう。

「急いで中へ入らなきゃならないの！　主人の身に何かあったのよ！」

「何か、とおっしゃいますと……」

「主人から電話で助けを求めて来たの！　早く鍵を出して！」

デルフィーヌの剣幕に、管理人は、

「少しお待ち下さい。こちらで保管しております鍵は、ご契約者の方の許可がございませ

んと、お出しできないので……」

と、言いわけする。

「何を言ってるの！　主人が『殺される』って電話して来たのよ」

「殺される？」

「こんなことしてる間に、主人は殺されてるかもしれないのよ！」

管理人も、そこまで言われて、仕方なくキーボックスを開け、中からルームナンバーのついた鍵をデルフィーヌに手渡した。

「部屋は――〈703〉ね」

何号室かもよく知らない。

デルフィーヌは急いでオートロックの扉を開けると、エレベーターで七階へ向った。

そのときは、夢中だった。もしかしたら、その部屋に夫を殺そうとする殺人者がいるかもしれなかったのだが。

七階までが、ジリジリするほど遅く感じられる。

やっと七階で扉が開くと、廊下を駆けて行く。〈703〉だ！

鍵を鍵穴へ差し込むのももどかしく、ロックをあけて、

「あなた！」

と呼びながらドアを開けた。

まるで気付かなかった。玄関に女ものの靴があったことなど。

「——あなた！」

明りのついた居間へ飛び込んだデルフィーヌは、そこで映画のストップモーションの如く、動けなくなってしまった。

いささかだらしないネグリジェ姿の女が、ソファに横になってTVを見ていたのである。

「——どなた？」

と、女が起き上る。

「主人は？」

「主人って……。ああ、あの人の奥さん！　マドレーヌさんね」

「デルフィーヌ！」

と訂正する。

「そうだっけ。何だかお菓子みたいな名だなとだけ憶《おぼ》えてるんで」

「あなたは？　ここで何してるの？」

「私、ここに住んでるの」

と、女はアッサリと言った。

「ここは主人の仕事用の——」

と言いかけて、やっと分った。

管理人が、なかなか鍵を渡そうとしなかったのも分る。ここに夫の愛人がいるのを知って、妻が怒鳴り込んで来たと思ったのだろう。

「──分ったわ」

と、デルフィーヌは言った。「あなたのことは後で。主人はどこ？」

「今夜はみえてないけど」

「でも──赤坂に泊ると電話があったのよ」

「来てくれるはずだったの。でも、夕方になって、『今夜は行けなくなった』って」

およそ、デルフィーヌを前にしても、ひけ目など感じていないらしい。

嘘をついてはいないようだ。

「主人から助けを求める電話があったのよ。どこにいるか分らない？」

「さあ……。助けを求める、って、どうしたんですか？」

「分らないから駆けつけて来たのよ」

ともかく、今はこの女と争っている暇はない。しかし、何も言わずに帰るのもしゃくで、

「荷づくりしておいて。いつでも出て行けるように」

と言ってやってから、急いで部屋を出たのだった。

何だったの、一体？

——デルフィーヌはくたびれ切って、自宅のマンションへ戻って来た。

夫の秘書を叩《たた》き起こし、都内のマンションを次々に回った。

しかし——どこにも内野泰吉の姿はなかったのである。

代りに、というのも妙だが、赤坂のマンションの他に、もう一つのマンションにも別の女が住んでいることを発見した。

冷汗をかく秘書を怒鳴りつけ、デルフィーヌは仕方なく帰って来たのである。

「本当にもう……」

エレベーターが下りて来るのを待ちながら、ついグチが口をついて出た。「ひっかいてやる！」

どういうことよ！——秘書に向って八つ当りしたデルフィーヌだったが、秘書はこわごわと、

「でも、全部のマンションに一人ずつおられたわけじゃありませんし……」

と言ったものだ。

それが「幸い」だったなんて、デルフィーヌには思えない。

二人も愛人を置いて、週に何日くらい泊っていたのか知らないが、そんな気配に全く気付かなかった自分が情ない。

自宅のマンションへ戻って来たときには、デルフィーヌはあの夫からの「殺される」と

いう電話のことも大して心配しなくなっていた。

エレベーターがやっと一階へ下りて来た。

デルフィーヌは、大きく息を吐いて、

「ふざけるんじゃないわよ！」

と、声に出して言った。

同時にエレベーターの扉が開いて、目の前に男が立っていた。――誰か乗っているとは思っていなかったので、デルフィーヌのひと言は、もろ、その男に向って言ったことになってしまった。

男がギョッとして、凍りついている。

「ごめんなさい！　あなたに言ったんじゃないんです」

と、デルフィーヌはあわてて言った。

「いえ……。どうも……」

男はせかせかと出て行ってしまった。

「――まずかった」

エレベーターが上り始めると、恥ずかしくなってデルフィーヌの顔がカッと熱くなった。

見たことのない男で良かった。知人だったら最悪だ。

でも――ちょっと珍しいわ、あんな人。

あんな人、と言っては悪いかもしれないが、もともとこのマンションは、住人以外、あまり出入りがない。見たことのない人間に出会うことは、滅多にないのである。ま、もちろんどこの家にどんな客が来ていても、おかしくはないけど。

——部屋の鍵《かぎ》を開けようとして、デルフィーヌは戸惑った。

鍵がかかっていない。

「私、かけ忘れたのかしら？」

と、首をかしげる。

ここを出るときは、食事に行こうとしていたのだ。そうあわてていたわけではない。

玄関へ入って、初めておかしいと思った。

サンダルや靴が、引っくり返ったり飛んで行ったりしている。

誰かが入ったのだ。

そして気付いた。——夫の靴がある！

では——夫はこのマンションにいたのか？

「あなた」

と、デルフィーヌは呼びかけた。「——あなた、いるの？」

上って、玄関ホールで左右を見回す。

明りが方々ついていた。――デルフィーヌはあまりむだに明りをつけたりしない。居間を覗《のぞ》いた。夫の姿が見えないので、寝室やバスルームを見て回った。いない？　でも……。

首をかしげつつ、キッチンへ行ったデルフィーヌはグラスにウーロン茶を入れて一気に飲み干した。

「ああ……」

と、息をついて、夫と顔を合せたら何と言おう、と思った。

そして、居間の方へ目を向けたとき――初めて夫の姿に気付いた。

ソファのかげに倒れていたので、さっきは気付かなかったのだ。

「あなた……」

それが何だか幻のような気がして、デルフィーヌは倒れている夫へと近寄った。

傍に膝《ひざ》をついて、すっと手をのばした。触ったらパッと消えてしまいそうだ。

しかし、消えはしなかった。

夫、内野泰吉は、そっとつついても、揺さぶっても起きなかった。

殺される……。

あの言葉は本当だったの？

デルフィーヌは一一〇番して、夫が死んでいると告げた。

「――分りました。事故ですか？」

と訊《き》かれて、デルフィーヌは死体の方を振り返り、

「いえ、たぶん……殺されたんだと思います」

と答えていた。

13　逃げる

「はあ。ではよろしく」

片山は、そう言って電話を切った。

「——どうだった？」

晴美はホームズとベッドに寝そべっていた。

「明日、十時に面会できるようにしてくれるそうだ」

片山は伸びをして、「やれやれ、一泊することになっちゃったな」

本当なら、一回尾田敏也と会って、今日中に東京へ帰るつもりだった。

しかし、石津を見た尾田が何も話さずに引っ込んでしまったので、これで帰っては来た意味がない。

刑務所長に頼んで、明朝改めて尾田と話せるようにしてもらったのだ。

ホテルというほどのものがなく、仕方なく国道沿いの派手なホテルに泊ることにした。

けばけばしい装飾、ベッドカバーは金色。

何しろ、バスルームがガラス張りで透けて見えるのだ。晴美と同じ部屋というわけにはいかない。

と、片山は苦笑した。「しかも石津と二人じゃ」

「落ちつかないな」

ベッドに仰向《あおむ》けに寝た晴美が天井を見上げて、「鏡がはってある」

「――凄《すご》い」

二つ部屋を取って、この広い方が晴美とホームズ。隣の狭い方が片山と石津。

「じゃ、明日は何時に起きる?」

と、晴美が言った。

「石津が心配してるよ。朝食はどうしたらいいんでしょうって」

普通のホテルとは違う。モーニングコールもルームサービスもない。中にレストランなど入っていない。

「どこかコンビニでもあれば、パンとかお弁当でも買ってくるけど」

「こんな所に、コンビニなんてないだろう」

片山は肩をすくめて、「石津が腹を空《す》かして、目を覚ますな、きっと。モーニングコールの代りだ」

片山の目を覚まさせたのは、石津ではなかった。

ベッドのそばのナイトテーブルにのせたケータイが鳴ったのである。

「何だ？」

目を無理に開きながら、夜中の三時を回っていることに気付いた。

誰からだ？

ケータイを手に取って、

「――はい。もしもし」

と、半ばもつれた舌で言うと、

「片山刑事さんですか」

切羽詰った感じの女の声。

「そうですが……」

「あの――昨日お目にかかった尾田の家内です」

「ああ。どうしました？」

片山は起き上った。

「また主人にお会いになるとおっしゃっていたので。今、まだ刑務所の近くに？」

「ええ、ホテルですが」

「実は今刑務所の方から電話がありまして、主人がひどく苦しんでいて、緊急入院させるということなんです」

「病気ですか」

「そうらしいです。私、もう家へ戻っているので、朝にならないと行けません」

「分りました。連絡を取ってみましょう」

「申しわけありません」

かなえの声は震えていた。

片山は刑務所へ電話を入れ、

「夜中にすみません。昼間伺った者で――」

と言いかけて、ギョッとした。

「後にしてくれ！　それどころじゃないんだ！」

と怒鳴られたのである。

それで切れてしまう。――ただごとじゃない。

片山は少し迷ったが、気持良さそうに寝息をたてている石津を揺さぶって、

「おい、起きろ！」

と耳もとで呼んだ。

「あ……。もう朝飯ですか？」

どんなに寝ぼけていても、食べることは忘れない石津だった。

隣の晴美も起こしておいて、急いで仕度をする。

「——一体何ごと？」

エレベーターの前で待っていた晴美は言った。

「分らない。ともかく何かあったんだ」

タクシーを呼んでもらい、刑務所へと向った。

刑務所の近くまで行くと、すでに騒ぎになっていた。

タクシーを消防車が追い越して行く。

「火事？」

「らしいな。——この先は行けない」

パトカーが道を封鎖している。片山たちはタクシーを降りて、警備に当っていた警官に事情を話し、中へ通してもらった。

ホームズは晴美のジャンパーの懐におさまっている。

「——中で火事があったらしいな」

刑務所の門が開け放たれて、消防車が入って行く。

片山は、中へ入ったところに、コートを着て立っている所長を見付けて声をかけた。

「——所長さん。昼間お会いした片山ですが」

所長は、少しの間ポカンとして片山を見ていたが、

と、突如顔を真赤にして怒鳴った。

「あんたたちのせいですぞ！　どうしてくれる！」

「何の話です？」

片山は面食らって、

「尾田敏也が具合悪いと奥さんの方へ連絡しましたよね」

「それですよ！　とんでもない食わせ者で！」

「尾田がどうかしたのですか」

「腹が猛烈に痛むとのたうち回ってるもんですから、所内の診療所へ移して、外の大病院に入れるよう手配していた、そこへ火事騒ぎだ」

「というと……」

「診療所のシーツや毛布の置場から火が出て、火と煙で、とても中の消防じゃ間に合わない。職員総出で、外から消防車を入れたんだが……」

「で、尾田は？」

所長が今にも爆発しそうな顔で、

「奴は逃げたんだ！」

と言った。

片山もさすがに愕然《がくぜん》とした。

「逃げた……。脱獄したということですか？」

「そうとも！　あいつは仮病を使って診療所へ入り、目を盗んでシーツに火をつけたんだ」

片山と晴美は顔を見合せた。

冷たい夜風に、燃えたものの異様な匂いが混っている。

「――大変なことになったわね」

と、晴美は言った。

片山としても、何の感想も言う気にはなれなかった。

「隠しごとをすると、ためにならんぞ！」

所長が怒鳴った。

しかし、前夜からあんまり怒鳴っていたので、喉《のど》がかれて声はかすれて迫力を失っている。

「何も知りません」

と、尾田かなえは言った。「本当です。何の連絡もありませんし」

――尾田が脱獄したというニュースは、もちろんすぐに全国に知らされた。

真先に警備が強化されたのは、当然のことながら尾田の自宅。といっても、かなえの住む安アパートは、尾田が捕まってから越したので、尾田がやってくるとは考えにくかった。

それにしても、ひどいアパートだ。

った。

「亭主を逃がしただろう!」

と、所長が責める口調も、この貧乏暮しを目の前にすると、つい力を失ってしまうのだった。

「とんでもない。私は何も言っていません」

面会しても、その会話は常に立ち合う看守に聞かれている。

一緒に来た片山は、所長が咳《せ》き込んでいる間に、

「差入れした物の中に、脱獄させるようなきっかけになるものは?」

と訊《き》いた。

「そんな……。いつも持って行っているものですし、本の中だって、手紙一つ挟めないように、ちゃんとチェックされています」

石津が大きな袋を広げて、中身をドドッと落とした。

「これが、君の差入れた物だね?」

「そうです」

ホームズが「ニャー」と鳴いて、床へストンと下りる。

「――かなえさん」

と、晴美が言った。「あなたが差入れた物で、ここから失くなっている物はない?」

「さあ……」

「よく考えて」

「ええと……下着とかが。それとリンゴが二つくらい」

「他には？」

「本は確か八冊でした。——全部あります」

「他には何も？」

「ないと思います」

ホームズが、転ったリンゴを鼻先でヒョイと押した。転ったリンゴが、新聞紙の上にのる。

「——そういえば」

と、かなえは言った。「失《な》くなったもの、って言うのかどうか……」

「何？」

「リンゴをくるんでた新聞紙が……。もちろん、適当な古新聞を使ったんですが」

片山は考え込んで、

「ああいう暮しの中だ、古い新聞でも、読んでみたくなるだろう」

と言った。

「その記事の中に何かあったのかしら？」

「可能性はある。——いつの新聞か分りますか？」

「ええと……そこの古新聞から適当に使ったんです」

紐《ひも》をかけてある何十日分かの古新聞を片山は持って来ると、

「この中の、ページの飛んでるのを捜すんだ！」

と、紐をカッターナイフで切った。


「すみません」

他に言いようがなかったとはいえ、片山自身、どうして自分が謝らなきゃいけないのか分らなかった。

「お前が悪いわけじゃない」

栗原がそう言ってくれたから良かったようなものの、これ以外の言葉を耳にしたら、片山とてカッと来るところだ。

「――で、尾田はどこへ逃げたか見当がついたのか」

と、栗原は訊いた。

「さっぱりです。といっても、捜査状況を知らせちゃくれないので」

東京へ戻った片山は、真直ぐ捜査一課へやって来て、栗原へ報告したのだった。

尾田の脱獄はニュースになっていたが、もちろん片山たちのことなど誰も知らない。妻の尾田かなえの所には、マスコミが何度かやって来たようで、だからといって有名人のよ

うに姿をくらます余裕もないかなえは、ひたすらカメラに向って、

「ご迷惑かけて申しわけありません」

と、頭を下げ続けていた。

「——TVで見た。あれは可哀そうだな」

と、栗原は言った。

「刑務所長がカンカンです。でも、僕らが面会に行ったことと尾田の脱獄と、どう関係があるか分らないので、何も言って来ませんが」

「何か言って来たら、俺が代りに話をする」

栗原はそう言って、「で、その新聞の方はどうなったんだ?」

「ページの飛んでいたのを見付けて、調べましたが、尾田に脱獄させるきっかけになったような記事は見当らないんです」

「困ったな」

「どうしましょうか、これから」

「差し当りは、こっちの口を出す状態じゃない。——尾田が早く見付かってくれればいいがな」

「はあ……」

栗原は、片山が自分の席へ戻りかけると、

「片山、今度の週末、空けといてくれ」

と、声をかけた。

「何かご用ですか」

「あの内野デルフィーヌに招《よ》ばれている。絵の打合せもあるし」

そんな呑気《のんき》なこと言ってる場合ですか？　片山は、よっぽどそう訊いてやりたかった。

「――この間のメンバー、全員で来てほしいそうだ」

「というと……。他に目的が？」

「だろうな」

栗原は肯《うなず》いて、「頼むぞ」

「はあ……」

あの凄《すご》い屋敷に行くことになるのか。

片山は、しかしデルフィーヌの話に、どこか物足りないものを感じていた。

何か欠けている。――そんな気がしたのだ。

デルフィーヌが、晴美やホームズまで来てほしがっているということは、その「何か」を話すつもりなのかもしれない。

「――どこに隠れてるのかしら」

と、晴美は首を振って、「でも、脱獄するなんて、よほどのことよね」

「そうだな」

片山は肯いて、「目的があってのことだろう。——それが何なのか、見当がつかないけど」

「見当はつきませんが、おかわりしても?」

石津が空の茶碗《ちゃわん》をそっと出す。

片山家での夕食。

むろん石津も一緒だ。

「はい、ホームズ。もう冷めてるわよ」

晴美がシチューを取り分けた皿を置くと、ウトウトしていたホームズがパチッと目を開け、大欠伸《おおあくび》をしてからブルブルッと頭を振った。そして皿の所までやって来ると、鼻をヒクヒクと動かして、首をのばし、シチューの「出来」を探っている。

「——あら、誰か来たわ」

玄関のドアをトントンと叩《たた》く音がした。

「はい、どなた?」

「すみません」

と、女の子の声。「三宅といいます」

ドアを開けると、あの結婚式場のウエイトレスが立っていた。

「あら」

「突然伺ってすみません」

と、三宅杏は中へ入って、「あ、お食事中ですね。ごめんなさい。出直して来ます」

「構わないのよ。上って。あなた、夕ご飯は食べたの？」

「あ……。まだ――ですけど」

「そりゃいけない！」

と、石津が言った。「ご飯をちゃんと食べないと、幸せになれないよ」

単純だが、確かにそうかもしれない。

三宅杏は、何か思い詰めた様子だったが、石津の言葉に、思わずふき出していた。

「ニャー」

ホームズも一緒に「笑って」いる。

「じゃあ……ごちそうになっていいですか？」

と、杏は上り込んで、コートを脱いだ。

「さあ、座って」

「でも、私……結構大食いなんですけど」

「大丈夫よ。お兄さんと石津さんが少しずつ我慢すれば。ねえ？」

晴美の言葉に、石津は表情をこわばらせたが、

「そりゃそうです！　男は女性のために辛《つら》くてもじっと耐える！　これが道です」

と、無理に笑顔を作る。

「冗談よ。どうせ二日分の量を作っといたの。明日、別のものを作ればいいんだから」

「そうですか！」

あんまり石津の反応が分りやすいので、杏は本当に笑い転げてしまった……。

——夕食の間、晴美も片山も、杏に「何の用で来たのか」訊《き》かなかった。

杏が言い出しにくそうにしていたので、ごく自然に口を開くまで待っていたのである。

「ごちそうさまでした」

杏は両手を合せて頭を下げた。

「どういたしまして」

晴美は正直ホッとしていた。ご飯が一粒もなくなっていたのだ。

「——片山さん」

と、杏が座り直した。

「何だい？」

「新聞で見ました。内野さんって人を殺した尾田敏也が脱獄したって」

「うん、それがどうかしたの？」

「あの尾田敏也って、私の兄なんです」

杏の思いがけない言葉に、片山も晴美もしばし絶句していた。

「――そうだったのか」

と、石津が肯いて、「でも、尾田って、妹がいたかな」

「石津さん、兄のことをご存知なんですか？」

片山が、尾田の脱獄に至るいきさつをザッと説明した。

「――じゃ、片山さんたちが面会に行って？　私、面会に行きたいけど、許可されてないから……」

「姓が違うのは？」

と、晴美が訊く。

「私、敏也さんとは腹違いの兄妹なんです」

と、杏は言った。「でも、片山さんたち、どうして兄に会いに行ったんですか？」

片山が、更にさかのぼって、あの刺された水原悠一と杵谷淳子の卒論の話をした。

「じゃあ、兄が無罪だって？」

杏が身をのり出す。「本当なら、すてきだわ」

「もちろん、なぜ自白したのかって問題があるがね」

「脱獄までして、何をしようとしてるのかしら」

「彼は君の所へは何も言って来ていないんだね?」

「ええ。私の住んでる所も知らないと思います」

「そうか。もし——万が一、連絡して来たら……」

「分ってます」

と、杏は肯いて、「一緒に手を取り合って逃げます」

「そりゃまずいよ」

「冗談です」

杏の明るさが救いである。

「ニャー」

と、ホームズが杏の膝《ひざ》の上に乗って来て、場を和ませた。

「それじゃ、この招待状は……」

「招待状?」

「ええ。これが今日、私の所に届いたんです」

杏が取り出したのは、結婚式の招待状のような白い封筒。

「——驚いたな!」

片山が晴美に見せる。

それは、内野デルフィーヌの名前で、杏をあの屋敷に招いている手紙だった。

「私、こんな人、会ったこともないのに……。どうしたらいいんでしょう?」

「何かよほどの意味があるのよ」

と、晴美が言った。

「この人、兄が殺したことになっている内野って人の――」

「奥さんだ。しかし……」

「行くべきだわ」

と、晴美が言った。「栗原さんのおっしゃってた通り、何かあるのよ」

「そうだな。――よし、それじゃ僕らと一緒に来るといい」

「良かった! そう言ってくれないかな、って祈ってたの」

と、杏が飛び上りそう。

「食事付きですよね」

と、石津が心配そうに言った。

14　邸宅へ

「あ！　車が走ってる！　ミニカーみたい！」

三宅杏が声を上げた。

内野邸へ向うヘリコプターの窓から下界を眺めて、すっかりはしゃいでいる杏だった。

「凄《すご》いなあ！　ヘリコプターなんて、生れて初めて乗った」

「僕は昔、遊園地で」

と、石津が言って、

「そりゃ、ヘリコプターの形の子供の乗りものだろ。クルクル同じ所を回ってる」

「でも、〈ヘリコプター〉という名前でした」

と、石津が強調する。

「冬枯れの山も美しいものだ」

と、栗原がしみじみと言った。「儚《はかな》さがある。人生の黄昏時《たそがれどき》のようだ」

「課長……」

と、片山が言いかけると、

「分っとる。——仕事のことも、忘れちゃおらん」

栗原は、ベレー帽にパイプなどくわえて、すっかり「画伯」を気取っている。

片山は不安だった。

デルフィーヌは何を考えているのだろう。肖像画のことだけで、片山たちや三宅杏まで招《よ》びはしないだろう。

大体、デルフィーヌがなぜ杏のことを知っていたのか。

「見えて来たわ」

と、晴美が言った。

「どれ?」

杏が窓の方へ顔を近付ける。「——あれ、全部? 凄い! 信じらんない!」

杏の声は一段と高くなった。

眼下に、広大な内野邸が見える。

ヘリコプターが降下を始めると、片山は一瞬、ヘリがどこか深い穴の奥へと吸い込まれて行くような錯覚に陥った。

ヘリコプターが無事ヘリポートに着くと、デルフィーヌの秘書、吉沢が出迎えた。

「お待ちしておりました」

「どうも。──デルフィーヌさんはおいでかね」

と、栗原が訊く。

「会長は、少し遅れて参ります」

と、吉沢は言った。「ホストが遅れて申しわけないと皆さんにお詫《わ》び申し上げるよう、言いつかっております」

「なに、お忙しい身だ。仕方ないさ」

「そうおっしゃっていただけると、気が楽になります。──どうぞこちらへ」

屋敷の広間へ案内された一行は、思いがけない客に出会うことになった。

「やあ、晴美」

ソファから手を振ったのは──。

「ゆき！　何してるの、こんな所で」

須田ゆきだったのである。

「ご招待いただいたの」

と、ゆきは言った。「晴美たちも来るってことだったから」

「それにしたって……」

これは一体何ごとだろう？

「ゆき、デルフィーヌさんのことを知ってたの？」

い」

「ううん。――あ、もちろん週刊誌のグラビアとかでは見たことあるけど、直接は知らない」

その須田ゆきに招待状？

「どうもその節は」

ゆきは片山に挨拶《あいさつ》した。

「少しは落ちつきましたか」

何しろ、結婚披露宴で女に刺されそうになるという、まず滅多にない（！）経験をしている須田ゆきだ。

「はい。重山とのことは、悪い夢だったみたい。さましてくれたあの女の人――折江信子さんには、ありがたいとさえ思っていますわ」

と、ゆきは言った。「代りに刺された淳子には申しわけないですけど」

片山は吉沢の方へ言った。

「他にも客があるんですか」

「そのようです」

と、吉沢は言った。「私も詳しいことは知らされていないのですが」

「ゆき、どうやって来たの？」

と、晴美が訊《き》く。

「自分で車運転して。ドライブ好きだからね。気持良かったわよ」

「東京から、バスがまた何人かのお客様をお連れすることになっています」

と、吉沢は言った。

「あなたも知らないとは妙ですね」

と、片山は言った。

「会長ほどの方になりますと、気紛《きまぐ》れをおっしゃることも珍しくございません」

「それはそうでしょうが……」

「とりあえずお飲物を。ごゆっくりお寛《くつろ》ぎ下さい」

メイドの格好をした若い娘が、ワゴンを押して広間へ入って来る。

アルコール類も、ウーロン茶やジュースも何でも揃っていて、ともかくみんな喉《のど》を潤すことにした。

「――なんだか妙ね」

晴美が片山へそっと言った。

「うん……。デルフィーヌは何か隠してる」

片山はウーロン茶のグラスを取って、一気に半分も飲んでしまった。

「楽しみだわ。他にどんな客がみえるのか」

片山が不安になり、晴美が楽しみにしている、というところがこの兄妹らしい。

「ニャー……」

ホームズは、メイドにミルクを皿に入れてもらって、ピチャピチャとなめていた。サービスが行き届いていることは間違いなかった。

栗原のケータイが鳴って、

「——栗原だ。——うん。——何だって？　それで？——そうか。分った。また知らせてくれ」

ただならぬ表情だ。片山がそばへ行くと、

「今、連絡があった。逃亡中の尾田敏也が、妻のアパート近くに現われたそうだ」

「逮捕を？」

「いや、取り逃したが、今一帯を封鎖して追い込んでいるということだ」

と栗原は言った。

妙なものだ。

警察に追われていることは分っている。必死で逃げていることも、分っている。自分で自分のことを「必死で」などと言っているのも珍しかろう。

尾田敏也は、細い道を足早に抜けて行った。

広い、人通りの多い道へ出れば……。

「――しまった」

行き止りだった！

道を戻れば警官と出くわすかもしれない。しかし、他に手はなかった。

小走りに戻ると、違う道を取る。――もうどの方角へ向っているのか、つかみ切れていない。

それは一種のショック――妻、かなえの住んでいるアパートのみすぼらしさに、愕然《がくぜん》としたせいでもある。

あんな暮しをしていたのか……。

しかし、アパートを外から見ただけで、それ以上近付くことはできなかった。かなえも中にいるのかどうか……。

ともかく、今は逃げるしかない。

だが、道を曲ったとたん、尾田の目に入ったのはパトカーと数人の警官だった。尾田はあわてて身を隠したが、幸いまだ気付かれていないようだ。

道を戻ろうとした尾田は、たった今通って来た道に、警官の姿を見て足を止めた。

行き場がない。――尾田は立ち往生してしまった。

そのとき車が一台、静かに尾田のそばで停った。

決して広くはない道には、少し大型すぎるような車である。

後部座席のドアが開くと、

「乗って下さい」

と、女の声がした。

「え？」

「尾田敏也さんでしょう。乗って。見付かりますよ」

選ぶ余地はなかった。

尾田が車へ乗ると、

「床に伏せて」

言われるままに、床に身を伏せると、フワッと毛布がかけられる。

車が動き出した。

——誰なんだ？

尾田は、しかしこのふしぎな救いの手に身を委《ゆだ》ねるしかなかった。

車はしばらく走り続けた。

——尾田も、車の床に長く寝ていたことはない。体のあちこちが痛くなった。

車が停った。

「もう大丈夫です」

と、女の声がした。

尾田は毛布をのけて起き上った。

車はどこかのビルの駐車場らしい所に入っていた。人気がない。

「誰もいません。大丈夫」

と、スーツ姿の女が言った。

「どうも……。ここは？」

「取り壊されるビルの中です。安全ですよ」

「はあ、しかし――」

「まだこれから行く所があります」

「行く所？」

「逃げる先もないでしょう？」

「それはまあ……」

「ご心配なく。警察へ突き出しはしません」

「あなたは？」

「ご返事はいずれ」

女は車を出ると、「お連れの方がおいでです」

「はあ……」

「あなたより窮屈な思いをされていたでしょう」

女が車のトランクを開けた。

「あなた！」

起き上ったのは、妻のかなえだった。

尾田は目を丸くして、

「かなえ！　お前――」

「この方が連れ出して下さったの」

かなえは、毛布を敷いたトランクから出て来ると、腰を伸した。

「どういうことなんだ？」

「私にも分らないわ。でも、あなたが脱獄して逃げるのなら、私もついて行く」

「かなえ……」

「ここで語り合うのもご不自由でしょ」

と、女が言った。「車へどうぞ。――今度は普通の座席に」

――尾田とかなえは、しっかり手を取り合ったまま、車が郊外の林の中を抜けて行くのに任せた。

車が停ると、洒落《しやれ》た別荘風の建物の前だった。

「ここで一晩お休み下さい」

と、女は尾田へ鍵《かぎ》を渡した。「食べものが冷蔵庫に。中のものは自由に使っていただいて構いません」

「はあ。しかし――」

「明日、朝九時にお迎えに来ます」

それだけ言って、女は車で行ってしまった。

「夢でもみてるのか？」

「夢でもいいわ。あなたに会えたんですもの」

かなえは夫の腕を取って、「入りましょう。寒いわ」

「ああ……」

初めて、尾田は凍えるような寒さに気付いて身震いした。

建物の中は、暖房も入っていて、快適そのものだった。

冷蔵庫には、電子レンジで温めるだけの料理が用意されていた。――尾田は、空腹だったことを思い出して、

「電子レンジって、何分かかるんだ？」

と、かなえに訊《き》いていた……。

翌朝、九時にベッドのそばの電話が鳴って尾田は目が覚めた。

「もしもし……」

「外でお待ちしています」

一瞬、尾田は、「刑務所の外で待っていられても、困るんだよ」と言いそうになった。

思い出した！　ここは刑務所じゃない。

「あの……」

「今、お目覚めですね」

と、女が言った。

「はあ。――すみません。一応ここの目覚し時計を八時にセットしたんですが……」

「構いません。ごゆっくり仕度なさって下さい」

「はい！」

ああ……。眠った。――思い切り。

しかし、それだけではない。

ベッドの中で、かなえがぐっすりと寝入っている。尾田は毛布の下に手を這《は》わせた。

たっぷり食べ、風呂《ふろ》に入り、もうそのまま眠ってしまっても良かったのだが、久々に互いの肌に触れると我慢できなかった。

夢中で愛し合い、そのまま寝入って、今まで起きなかったのだ。

「おい、かなえ。――起きろ」

何度か揺《ゆす》って、やっとかなえは目を開けた。

「あら……。夢かしら、これ？　あなたと抱き合って寝たけど」

「現実さ。だけど、もう起きる時間だ」

やっとかなえも、事情を思い出した。

「――大変！　遅刻だわ」

「外で待ってるとさ」

「じゃあ……。ゆうべのこと、本当だったのね」

「うん。しかし、こんな夜は、また当分来ないかもしれない」

「分ってるわ」

かなえは夫にキスして、「じゃ、シャワーを一緒に浴びない？」

と、いたずらっぽく言った。

――結局、服も用意されていたものに替えて、二人が外へ出たのは十時近かった。

「申しわけありません」

と、尾田は詫《わ》びた。

「いいえ。どうぞ車に」

昨夜のとは違う車で、十五分ほど走ると、

「――乗り換えです」

と、女は言った。

尾田とかなえが、広い空地の真中で二人を待っているヘリコプターを見て、目を疑ったのは言うまでもない。

かなえは本気で、

「これって、夢の続き?」

と、夫に訊いたのだった……。

15　最後の客

「すばらしい！」

栗原が同じ言葉をくり返して、

「ちっとは違うこと言えよ」

とからかわれていた。

もっとも、からかっていたのはホームズなので、当人はからかわれているとは思わなかったろう。

——アトリエは午後の日射しが溢《あふ》れて、その中で絵筆を取る栗原、長椅子に横たわってポーズをとるデルフィーヌ。

その二人の姿も、絵のようだった。

それには、栗原があくまで素人であることに気をつかって、長椅子に全裸で横たわるのをやめ、薄いヴェールのような布を体に巻くことにしたデルフィーヌの判断も功を奏していた。

ホームズが一人、その光景を眺めていた。

「──失礼いたします」

秘書の吉沢が背広姿で現われた。

「どうしたの？」

「お客様がお揃いでございます」

「あの二人も？」

「はい」

「ありがとう」

デルフィーヌは肯《うなず》いて、「──栗原さん、今日はここまでに」

「かしこまりました」

栗原はハンカチを取り出して、額の汗を拭《ぬぐ》った。

長椅子から下りると、デルフィーヌは薄衣《うすぎぬ》をスッと落とし、裸身にガウンをまとった。

栗原は一瞬、その後ろ姿の裸身を見てしまって、あわててギュッと目をつぶった。

「──もう目を開けて下さっても」

デルフィーヌのからかうような言い方に、栗原はいつの間にか息まで止めていて、ハアハアと喘《あえ》いだ。

「ニャー……」

「――すてきだわ」

デルフィーヌがキャンバスを覗《のぞ》き込んで言った。

「まだ、これは……」

「ええ、よく分っています」

デルフィーヌが肯いて、「もし、もう私がここでポーズを取れなくなっても、ぜひこの絵は完成させて下さいね」

と言った。

「――どういう意味です？」

「いずれお分りになりますわ」

デルフィーヌは謎めいた微笑を浮かべて、「では、夕食の席まで、失礼いたします」

と言うと、足音もたてずにアトリエから出て行った。

「――これは幻想か。なあ、ホームズ」

栗原は、我ながらよく描けたという思いで、まだ体《てい》をなしていないキャンバスの女の姿を眺めた。

「ニャー……」

何とも言えないね、とでも言いたげに、ホームズはひと声鳴いて、目をつぶった。

「――課長」

「おお、片山か」

「進みましたか」

と、片山がやって来ると、

「待て！　見るな」

と、栗原は絵の前に立ちはだかった。「まだ見せる段階ではない」

「だって、ホームズは見てるじゃありませんか」

「ホームズは例外だ」

と、わけの分らない説明をして、「出るぞ！」

と、片山を押し戻した。

「課長！　絵具を上着につけないで下さいよ！」

片山はあわてて逃げ出した。

――栗原が、絵具のついた手を洗い、はおっていた服を脱いでアトリエから出て来る。

「よし、これで捜査一課長に戻った」

「そんな簡単に……」

「いかんか？」

「いえ、別に」

片山は肩をすくめた。「バスが着くそうです」

「招待客が乗っているらしいですよ」

「バス？」

「誰が来るんだ？」

「分りません」

二人でアトリエの建物を出ると、ホームズも少し遅れてついて来た。

車が待っていた。

吉沢が運転席に座っていた。

「お寒いでしょう。母屋へお連れします」

「これはありがたい」

山の中で、底冷えする寒さは都会の比ではない。

車が林の中を抜けて行く。

「――尾田のことは何か分ったか」

と、栗原が言った。

「あ、そうでした。絵の話で忘れてました」

片山は膝《ひざ》の上のホームズを撫《な》でながら、「尾田の妻も姿を消したそうです」

「何だと？」

栗原が目を丸くする。「ちゃんと見張っていたんだろう」

しまって、アパートには一人しかついていなかったとか」

「宅配のトラックに隠れて脱出したようです。尾田を追う方に、ほとんどの警官が行って

「やれやれ……。では、亭主と落ち合ったのかな」

「二人とも全く行方は不明です」

「──尾田はなぜ脱獄したのかな」

「それがふしぎですね。本当に尾田がやっていなかったのなら……」

「脱獄すれば不利になる」

「真犯人を知っていたんでしょうか」

「かばったと言うのか？」

「そうとしか──。何でしょうね」

片山は、あの館《やかた》の正面に晴美たちが出ているのを見て言った。

「バスが着くところです」

と、吉沢が言った。

吉沢は玄関前に車をつけた。

「──お兄さん、絵はどうだった？」

晴美がやって来る。

「課長が見せてくれないんだ」

「完成を待て」

と、栗原は顎《あご》を撫でて、「バスとやらは？」

「ほら、見えたわ」

片山は目を丸くした。

本当の、大型観光バスである。

「見学ツアーか？」

「見てのお楽しみね」

バスが正面に着くと、扉が開いた。

出迎えていた須田ゆきや三宅杏は、真先に降りて来た男を見て、

「まあ」

と、同時に言った。

「――やあ、どうも」

照れたように言ったのは、「結婚相手」の重山だったのだ。

そして、次に降りて来た客には晴美もびっくりした。

「清水谷先生！」

高校の教師、清水谷がおずおずと、

「凄《すご》い屋敷だな」

と、左右を眺め回した。

あの披露宴の客を呼んでいるのだ。

バスからは、まだ客が降りて来ようとしていた。

「あれ、誰だ？」

片山は、バスから降りて来た、夫婦らしい男女を見て、首をかしげながら、そっと晴美の方へ訊《き》いた。

「ほう、こりゃ大した屋敷だ」

と、夫の方が周囲を眺めて、「何坪あるんだろうな。この辺だと坪いくらだ？」

よくいるタイプだ。何事もお金に換算してから感心する。

「知りませんよ」

妻の方は少し冷たい。

「ああ、たぶん……」

と、晴美が肯いて、「失礼ですが、ゆきの結婚式で仲人《なこうど》をなさった……」

「ええ、山崎です。これは家内の美智子」

と、夫の方が言った。「デルフィーヌさんのような方にお目にかかれる機会は滅多にありませんからね」

「あのときの猫ちゃんだわ」

妻の方は、ホームズに気付いた。

「——これで全部かな」

と、吉沢がバスの運転手へ手を振って見せた。

バスはブルルッと唸《うな》りを上げて、走り去った。

「たった四人、乗って来たんですか？」

と、晴美が清水谷へ訊く。

「うん、もったいない話だな」

と、清水谷は肯いて、「しかし、俺が払うわけじゃないしな」

「そりゃそうですね」

「しかし——一体誰なんだ、こんな所に住んでるのは？」

「知らないで来たんですか？」

「うん。ともかくタダで、森の中の館に泊れるというんでな」

「呆《あき》れた」

晴美は苦笑した。「先生らしいわ」

「温泉はあるのか？」

清水谷が大真面目に訊いた。

客室が二七。

そう聞いて、誰もが声を上げる。

「――ホテルではございませんので、多少のご不便はあろうかと存じますが、お許し下さい」

と、吉沢は館のホールで、新たな来客たちに言った。「今、各お部屋へご案内いたします」

須田ゆきのそばへ、重山が寄って行くと、

「僕らは婚約者同士だぜ、一緒の部屋でどう？」

と、肩に手をかける。

ゆきがその手を勢い良く払って、

「触らないで！」

と、はねつけた。「あんたとは他人よ。いいえ、他人以下だわ」

「怖いな」

重山は、ニヤニヤしながら首をすぼめ、「じゃ、よそへ行くか」

小さなボストンバッグ程度の荷物を各自手にしている。

――晴美は、ゆきのふくれっつらを慰めて、

「もうすんだことよ」

と言った。「それに、あの重山って人、さっきから……」

「え？」

「気が付かない？　あの女性の目を自分の方へ向けさせようとしてる」

「あの女性って——」

「仲人のご夫婦の奥さんの方」

「気が付かなかったわ」

「あのねちっこさ、普通じゃないわね」

そのとき、山崎美智子の目がチラッと重山の方を見た。

視線が交わったのは一瞬。しかし、それで充分だったらしい。

「すてきなタペストリー……」

と、夫人が夫から離れる。

山崎は、吉沢に、この屋敷の主《あるじ》についてあれこれ訊《たず》ねている。

重山がスッと動いて、夫人の傍へ。

二人は顔を見合せないようにして、何か低い声で話している。

「——見た？」

と、晴美は言った。

「ええ」

ゆきが呆れて、「上司の奥さんに？——何て人かしら！」

「面白い成り行きになりそうよ」

晴美はゆきの肩に手をかけて、「さ、一緒に先生の部屋まで行きましょ」

「そうね、清水谷先生。迷子になりそうだものね」

と、ゆきは肯いた。

——清水谷も、二人がついて来てくれて安心したらしかった。

「案内してもらっても、二度と元の場所へ出られんよ」

清水谷は、ため息をついて、「世の中にゃ金持がいるもんだな」

「みんなが知らないだけでね。——あ、ここだわ」

ホテル並みという以上の、豪華な部屋である。バスルームも一つずつ付いている。

「風呂《ふろ》も凄いな。しかし、ちゃんと使えるかな」

清水谷は不安そうだった。

「じゃ、先生、夕食の席で」

「おい、待ってくれ！　迎えに来てくれよ」

と、清水谷は追いすがるようにして言った——。

16　夕食会

「私にもさっぱり分りません」

秘書の吉沢は、片山の質問に首をかしげて言った。「私はただ、デルフィーヌ様のお言いつけの通りにしているだけです」

「それは分ってますが……」

片山も、ため息をつくと、「あの結婚披露宴の客まで招待している。何のためでしょう?」

「さあ……」

吉沢は肩をすくめて、「申しわけありませんが、私は夕食の仕度で――」

「ああ、どうぞ。お引止めして」

吉沢は小走りに行ってしまった。

片山はまたため息をついた。

「――片山さん、どうしたんですか?」

振り向くと、あの結婚式場のウエイトレス、三宅杏だ。

「ああ、いやね……。どうもいやな感じがして」

「予感？」

二人は、館《やかた》の中のサロン風の部屋へと入った。

「――すてきだな。こんな生活」

と、杏は、書棚に並ぶ本を見て、「私、本なんか、ずいぶん読んでない」

「誰でも忙しいからね」

片山はソファに腰をおろして、「たぶん、ここの主人――デルフィーヌさんも、毎日仕事に追われて、ここでのんびり過すことなんて、ほとんどないだろう」

「そうね」

杏も広いソファに一人で座って、「こんなお屋敷、建てようと思ったら、それこそ必死で働かないとね」

「お金のある人間は、たいてい使う暇がない。暇のある人間は、たいていお金がない。世の中、そんなもんだよ」

片山は悟ったように言った。

「――片山さん」

「うん？」

「片山さんの予感って、何か悪いことが起るって意味？」

片山は少しためらって、

「外れてくれるとありがたいがね。たいてい悪い予感の方が当るものさ」

杏は表情をくもらせて、

「デルフィーヌさんが、あの披露宴のお客まで招いてるってことは、内野さんが殺されたことと、あの披露宴での事件が、つながってるってことでしょうか？」

「うん……。理由は分らないが、デルフィーヌさんはそう思ってるのかもしれない」

「内野さんが死んで、主任の荒井敬子さんが死んで……」

「水原悠一と杵谷淳子が刺された。杵谷淳子を刺した折江信子も自殺した」

「じゃ……三人死んだんですね。あと、刺された二人も、死んでたかもしれない……」

「そう考えれば五人だ」

と、片山は肯《うなず》いて、「もし、全部関連があるとしたら、大変な事件だよ」

「犯人が、招かれた人たちの中に？――兄は無実なんでしょうか」

「どういうことになるのかな」

片山は首を振って、「しかし、少なくともただ夕食をとるってだけじゃ終らないことは確かだろうね」

少し重苦しい間があって、

「――あの栗原さんって、面白い人ですね」

と、杏が言った。

片山はホッとして、

「課長かい？　あの人の絵にはいつも泣かされてるんだよ」

と、栗原の絵を巡る、これまでの出来事をあれこれ話して聞かせた。

杏はお腹を抱えて笑いながら、

「――でも、いいなあ。そういう上司って、すてきですよね」

「そうかい？」

「だって、仕事の場で自信なきゃ、そんなプライベートな面を部下へ見せたりしないでしょ？　たぶん、ご自分だって絵の天才だとは思ってらっしゃらないと思うんですよね」

そうだろうか？――片山にはその点、判断がつかなかった。

確かに、仕事一筋で、他に趣味一つない、という上司より、ずっとやりやすいだろうとは思う。

また、「この道一筋」タイプのベテランは、直感に頼った捜査をしがちで、それが功を奏することもあるが、しばしば初めから見込みをつけての捜査になる。

一旦《いったん》誰かが怪しいと思うと、それに合った事実しか目に入らなくなる。それは危険なことだ。

「私、栗原さんにヌードでも描いてもらおうかな」

杏の言葉に片山が唖然《あぜん》としていると、杏はふき出して、

「冗談よ！」

「びっくりさせないでくれよ」

「それより、片山さんに描いてもらってもいいけど」

「――え？」

「夜は一人？」

と、杏は言ってウインクした。

「――すてきな部屋ね」

と、山崎美智子は言った。「でも、どうして私たちが招《よ》ばれたの？　よく分らないわ」

「まあいいじゃないか」

山崎はバッグを開けて、「金持の気紛《きまぐ》れさ。金持はとかく変ったことをしたがるもんだ」

「それにしても……」

「タダで週末を遊んでられる。文句を言うこともないだろう」

「もちろんよ。でも、何だか――」

一流ホテル並みの、二間続きの部屋だった。もちろんバスルームも豪華だ。

ドアがノックされ、美智子が出ると、可愛いメイドの格好の女の子が、

「お飲物をお持ちしました」

と、ワゴンを押して来ていた。

「ありがとう。――好きなものを選んでいいの？」

「こりゃ凄《すご》い」

山崎は目をみはった。

「ありがとう。私はノンアルコールのもので。――ええ。このウーロン茶でいいわ」

「失礼いたします」

山崎は笑って、

「凝ってるな！　可愛いメイドか。昔のヨーロッパ映画の世界だ」

山崎はちょっと腕時計を見て、「まだ時間は充分あるな。――俺は一風呂《ひとふろ》浴びる」

「どうぞ」

「ああいう大きなバスタブで思い切り手足を伸すのが夢だった」

「いやね、うちだってそんなに小さなお風呂じゃありませんよ」

と、美智子は苦笑した。

「ともかく、のんびり浸《つか》ってる。お前、どこか見て歩きたけりゃ、行ってていいぞ」

「いくら立派でも他人様《ひとさま》のおうちよ。そう勝手に見て歩くなんて……」

夫がバスルームへ姿を消し、美智子は少したためらったが、バスルームのドア越しにバスタブにお湯を入れる音が聞こえて来ると、自分のバッグからケータイを取り出した。かけるより早く、かかって来た。

「――はい」

「奥さんですか」

重山である。「今、部長は？」

「お風呂に入ったところ。しばらく出て来ないと思うわ」

「良かった。声だけでも聞きたくて」

「重山さん……」

「今――こっちへ来られませんか」

美智子の方が、そう言い出そうとしていたのだ。しかし一応は、

「まずいわ。後で知れたら――」

と、ためらって見せる。

「大丈夫。僕の部屋は、前の廊下を奥の方へ行って、右手です」

「知ってるわ」

「じゃ、来るつもりだったんじゃありませんか」

そう言われても、否定はできない。

「そんな言い方、ひどいわ」

「ごめんなさい。でも、こんなこと話してる間に来られるじゃありませんか」

美智子の血が騒いだ。

「今行くわ」

ケータイを切ると、バスルームのドアへとチラッと目をやり、美智子は部屋の鍵《かぎ》をつかんで、部屋を出た。


「じゃ、晴美もよく分らないのね？」

須田ゆきは、自分の泊る部屋で、ベッドに横になっていた。

「ええ」

晴美は、傍のホームズの毛並を撫《な》でながら、「デルフィーヌさんが、単に物好きで今回のお客を招いたとは思えない。何か目的があるのよ」

と、言った。「ね、ホームズもそう思うでしょ？」

ホームズは声も上げず、ただ黙って起き上ると、床へフワリと下りた。

「どこに行くの？」

ホームズはドアのところへ行って、晴美の方を振り返った。

「開けるの？　迷子にならないでよ」

「ニャー」

「あんたじゃあるまいし、って？　大きなお世話」

と、晴美がやり返してドアを開ける。

ホームズはスタスタと出て行った。

須田ゆきは笑って、

「面白いわねえ、あんたとホームズの仲って！」

「対等のお付合いなの」

「私もホームズに命を救われたから、感謝してる。——何かお礼した方がいいの？」

「それは私が代って受け取ります」

と、晴美は言った。

「淳子、どうしてるかな」

「大分痛みはおさまったみたいよ」

「ならいいけど……。申しわけなくて」

「水原さんと二人で、一緒に回復してくれるとね」

——大勢の目の前で刺された杵谷淳子と、しばらく一人で倒れていた水原悠一とでは、やはり対応のスピードの差が出て、その後の回復にも響いていた。

「この週末で、何か明らかになるんだと思うわ、たぶん」

と、晴美は言った。

林の奥深くに、その山小屋風の建物はあった。

「——ここなら、誰も来ません」

と、案内した女性は、尾田とかなえに鍵を渡した。

「どうも……」

尾田は戸惑いながらも、「私どもは何をすれば……」

「夕食会に出ていただきます」

「夕食会？　というと、他のお客様もいらしてるんですね」

と、かなえが訊《き》く。

「ええ。片山刑事さんを始め、十人ほどの方々が」

「刑事さんと一緒？　それじゃ——」

「ご心配なく」

居間へ入ると、案内の女性は壁のボタンを押した。

モーターの音がして、スクリーンが下りて来る。壁をほとんど隠してしまう大きさだ。

そこに、ダイニングルームの映像が映し出された。

今は、テーブルをセッティングしている人たちが忙しく動き回っている。

「——これは？」

「メインダイニングの様子がこのスクリーンに映ります。お二人はこの場で食事をとっていただくのです」

「はあ……」

「お二人の姿も、向うのスクリーンに映ります」

「まあ」

「しかし、お二人がどこにいるか、決して明かしません。ご心配なく」

「だけど……。どんな格好で？」

「ごもっともです。――特にフォーマルである必要はありませんが、一応お洒落《しゃれ》を。奥のクローゼットの中から、ご自由に選んで下さい」

――案内の女性が引き上げ、スクリーンも一旦《いったん》巻き上げられる。

「わけが分らない」

と、尾田は首を振って、「ともかく、いつ裏切られてもいいように心構えを」

「あなた」

かなえが夫にしがみつく。

尾田はかなえを抱きしめ、

「どんな服があるのか見よう」

と言った。

「やあ、こりゃ大したもんだ」

クローゼットの中を見た尾田は声を上げた。

「ドレスだわ！　でも、こんなもの着たら、苦しくって座ってられない」

かなえは笑って言った。

「ま、僕もタキシードじゃ息が詰る。スーツにネクタイぐらいで、勘弁してもらおう」

「私は少し明るめの色のスーツ。——これ、どう？」

「うん、似合うじゃないか」

かなえは、広いベッドの上にそのスーツを置いた。

「——あなた」

「何だい？」

「私……いやなことを考えちゃった」

「いやなこと？」

「聞いたことがあるわ。執行が決った死刑囚には、最後に好きなものを食べさせてくれるって」

「かなえ……」

「このぜいたくな時間は、それと同じかもしれない」

「よせ」

尾田はかなえを抱きしめた。「僕は死刑囚じゃない」

「でも——怖いの。私たち、何か大きなゲームのひとつの駒のような気がして」

「仕方ないさ。今は選択の余地がない」

「あなた……」

かなえは、夫に熱いキスをして、「夕食会まで、少し時間があるわよね」

「たぶん……」

「それなら……」

かなえが夫を引き寄せてベッドへ倒れた。

尾田はかなえを抱きしめて、

「刑務所へ入る前でも、こんな風に抱いたことはなかったな」

と言った。

かなえがちょっと笑って、

「新婚気分ね」

と言った……。

「結局、何人いるんだ？」

と、片山は指を折って、「俺たちが三人——ホームズを入れて四人、四人だろ」

晴美は鏡の前で、髪の乱れを気にして直しながら、

「須田ゆきと、清水谷先生。それにあの仲人《なこうど》の夫婦」

「それで八人。須田ゆきの結婚相手だった重山、三宅杏。——十人か」

「お兄さん」

「何だ」

「栗原さんを忘れてる」

「そうだった！」

片山はあわてて指をもう一本折って、「十一人か」

「それと、デルフィーヌさんも当然いるでしょ」

「キリストと十二人の使徒ってことなら、あと一人ね」

「十二か……」

「〈最後の晩餐《ばんさん》〉か？　やめてくれよ」

片山はネクタイを締めて、「曲ってないか？」

「大丈夫よ」

「ちゃんと見てから言え！」

「ニャー……」

ホームズが笑った。

「片山さん！」

石津がやって来た。「もう仕度は万全です！」

「そうか」

「ちゃんと胃の薬も持ちました」

石津の得意げな顔に、片山も何も言えなかった。

「——電話だわ」

晴美が、部屋の電話に出ると、

「栗原だが、片山はいるか」

「はい。——お兄さん、栗原さんよ」

「ああ」

片山は受話器を受け取った。「片山です」

「今、連絡があってな」

と、栗原は言った。「水原悠一の容態が急変して、ついさっき死んだそうだ」

片山は一瞬言葉を失った。

「——杵谷淳子は知ってるんでしょうか」

「さあ、どうかな。しかし、可哀そうなことをした」

「分りました」

片山は受話器を戻した。

「どうしたの?」

晴美は、片山の表情を見て、言った。

「水原悠一が死んだ」

晴美も、さすがに言葉を失った。

「——淳子、可哀そうに」

「ああ。ともかく、夕食の席では黙っておこう」

「そうね。ゆきや清水谷先生にはショックだわ、きっと」

もう一度電話が鳴って、片山はドキッとした。

こうたて続けに……。

「——はい」

と、出てみると、

「夕食のご用意が整いました。ダイニングルームへお越し下さい」

と、吉沢の声だ。

「ありがとう」

片山は受話器を置いて、「——食事だ」

と言った。

17　開宴

「乾杯！」

デルフィーヌの声が、長いテーブルの端まで通った。

グラスが上げられ、シャンパンの甘い香りが満ちて、夕食は始まった。

料理人とウエイター、ウエイトレスはこのために招《よ》んだということで、オードヴルから手ぎわよく皿が並んだ。

「――おいしいですね」

石津が感激の面持ちで、「これで量があれば言うことないです」

と、小声で付け加えた。

「オードヴルだぞ。山盛りってわけにいかないんだ」

と、片山は言った。

「そうですか？　でも、いけないって法律はありませんよ」

そりゃそうだが……。

しかし、デルフィーヌの口からは、なぜ今日このメンバーが集められているのか、説明はなかった。

片山が訊《き》くわけにもいかず、それに加えて、この夕食を邪魔するような発言をするのは気がひけた。

二皿目のオードヴル、スープ、サラダと出て、そのころにはワインがあけられ、各自のグラスに白ワインが注がれた。

「おいしいな」

と、三宅杏がワインを飲み干す。

「君、まだ十代だろ」

と、片山が言うと、

「私、二十歳になったらアルコールはやめようと思ってるんです」

と、杏は真顔で言った。

「——三宅杏さん」

と、デルフィーヌが言った。

「はい」

杏はびっくりして、目を見開いた。

「今日はよく来てくれたわね」

「はあ……」

「でも、わけが分らないんじゃない？　どうしてこんな所へ招ばれたのか」

「ええ……。でも、ワイン、おいしいです」

何か褒めなきゃいけないと思ったのか、杏がグラスを手にして言った。テーブルが笑いに包まれる。

「ありがとう」

と、デルフィーヌも微笑んで、「あなたにとって、懐しい人が、ここへみえているのよ」

「え？」

「もっとも、このテーブルに加わっていただくわけにはいかなくてね。――でも、この近くで、今あなたの食べているのと同じものを召し上ってる」

「それって――誰のことですか？」

デルフィーヌは、部屋の隅に立っている秘書の吉沢の方へ肯《うなず》いて見せた。

吉沢が壁の中に埋込まれたパネルを開け、ボタンを押す。

かすかに低いモーター音がして、デルフィーヌの席の背後の壁が開いた。

「スクリーンが設置してあるの」

と、デルフィーヌが言った。「いつもは、このスクリーンに映画を映したりして楽しむけど、今日は〈生中継〉の映像を見ていただきましょう」

明るい部屋の中なので、絵は少しぼやけているが、スクリーンには、カメラの正面で並んで食事をしている男女が映し出された。

「――あれ、誰？」

と、ゆきが言った。

「まあ」

晴美が声を上げる。

片山と栗原は、さすがにその衣裳《いしょう》の変りようにもかかわらず、すぐ男の顔を見分けた。

「尾田敏也だ」

と、栗原は言った。

「一緒にいるのは、妻のかなえです」

と、片山は言った。

「よくお分りね」

と、デルフィーヌは言った。

「――お兄さん！」

杏が思わず声を上げると、食事をとっていた尾田とかなえが手を止めて、顔を上げた。

「やあ、杏」

尾田がカメラに向って手を振る。「見えているかい？」

「うん……」

杏が目を丸くしたまま肯く。

「——これはどういうことです？」

と、栗原がデルフィーヌへ訊く。

「栗原さん。お願いですから、今は捜査一課長の立場をお忘れになって下さい」

「しかし……」

「尾田さんご夫妻は、私がお招きしたのです」

「しかし……」

「この二人は、この敷地の中の別棟にいます。こうしてTVカメラでお互いを結んでいるのです。ただ、その別棟がどこかとお訊きになっても、今はお答えできません」

と、デルフィーヌは言った。「栗原さんも尾田さんも、私の大事なお客様です。——お分りですか」

「はあ」

「ここにいる間は、栗原画伯でいらして下さい」

片山は、栗原が「画伯」扱いされるのに弱いことをよく知っている。

栗原は咳払《せきばら》いして、

「分りました。私も美と芸術を解する者として、お言葉通りにいたしましょう」

と、デルフィーヌへ向って会釈した。

晴美も目を丸くしていたが、

「ここへ来て焦っても仕方ないわね」

と、納得して食事を続ける。

「ニャー……」

ホームズも、晴美の足もとで、会食に加わっている。

「——あの人、なあに?」

と、須田ゆきが言った。

「あれは、刑務所を脱獄した殺人犯だろう」

と、山崎が言った。「顔を確かTVのニュースで……」

「まあ、怖い!」

妻の美智子が目を見開く。

「ご心配なく」

と、デルフィーヌが言った。「TVカメラ越しには殺せません」

「しかし、デルフィーヌさん、あの男は確か——」

と、山崎が言いかけると、

「はい、尾田さんは私の主人を殺した罪で服役していたのです」

「それならなぜ――」

「答は簡単です。主人を殺したのは、尾田さんではないからです」

一瞬どよめきが食卓を包む。

「――さあ、そのお話はお食事の後に」

と、デルフィーヌは言った。「尾田さん、ごゆっくり召し上って」

「はあ……」

画面の絵が消えた。

「さあ、今度は選び抜いた赤ワインを味わって下さい」

と、デルフィーヌが合図すると、ワイングラスに赤ワインが注がれ、フルーツの香りがダイニングルームを満たした。

「何を考えてるんだ」

と、片山が呟《つぶや》いた。

「――別に犯人がいるってことね」

晴美は早速赤ワインを一口飲んで、「おいしい！――お兄さん、飲まないの？」

「飲めないことぐらい、知ってるだろ」

「じゃ、私がいただくわ」

晴美は上機嫌だ。

「しかし、尾田が犯人とされたのは、デルフィーヌさんが、彼とすれ違ったと証言したせいだ」

「でも、犯人とは限らないわ」

「当人が認めたんだぞ」

「何か事情があったのよ」

片山は、食事をしながら、杏にも言った「いやな予感」が消えないのを感じていた。

「それに――」

と、晴美が言った。「あの杵谷淳子と水原さんの書いた卒論でも、犯人は尾田じゃないって言ってるわ」

片山は、ふと思った。

あの二人は、デルフィーヌに話を聞きに来ている。

デルフィーヌは水原悠一の死を知っているだろうか。

ワインに頰を染めているデルフィーヌは、片山の目にもハッと息をのむほど美しかった。

「なあ」

と、片山は晴美へ言った。「デルフィーヌさん、異様に美しく見えないか」

それを聞いた晴美は、一瞬呆気《あっけ》に取られて兄の顔を見つめ、それから大笑いした。

「――笑うな！」

片山はふてくされて、腕組みをした。

「ニャー……」

ホームズの一声は、晴美と一緒に笑ったのか、それとも片山に同情したのだったか……。

ワインがおいし過ぎたのだ。

――こう言うと、なにやら哲学的ですらあるが、特別な意味があるわけではない。

その言葉通り、「おいしい！」と、ワインのボトルは次々に空になり、夕食の席は誠ににぎやかになってしまった。

一体何本のワインが空けられたことか。

石津も晴美も、すっかり上機嫌になっていた。

三宅杏も、メインのステーキが出たころには、目がトロンとして、ベッドに入れば今にも眠ってしまいそうだ。

やれやれ……。

片山は一人で何杯めか分らないウーロン茶を飲んでいた。

どうやら、この夕食会の席で酔っていないのは片山一人――いや、ホームズと二人らしい。

栗原さえ、片山がついて、

「課長、尾田のこと、連絡しなくていいんですか？」

と、小声で訊《き》くと、

「うん？——尾田って誰だ？」

と訊き返したくらいである。

片山は諦《あきら》めて専ら食事に集中することにした。

確かに、食事はすばらしいもので——といっても、片山は特別舌が肥えているわけではないが——石津すら、フーッと途中で息をつくほど、量もたっぷりとあった。

片山もほとんど「やけ食い」という気分で食べていた。

「——お味の方はいかがでしたか」

と、デルフィーヌも目のあたりを赤くして微笑みかける。

「いや、すばらしい！　こんな料理は初めてです！」

と、声を上げたのは清水谷だった。

「そりゃあ、先生、学校の前のラーメン屋でしか食べてなきゃ、そう思いますよ」

と、須田ゆきがすかさず言ったので、大笑いになった。

「デザートの後、席を移して、コーヒー、紅茶などを召し上って下さい」

「その後は？」

と、石津が訊いたが、晴美があわてて、

「私、ハーブティーが好みなんですけど！」

と、かぶせるように言った。

「もちろん、色々用意してございますわ。お申し付けになって」

デルフィーヌが合図をすると、アイスクリームやフルーツを盛り合せたデザートが一斉に出てくる。

「――いや、すばらしい一夜です」

石津など、アルコールも強いが、それでもダウン寸前。

片山はため息をついた。

「お風呂《ふろ》に入る間もなく、バタンキューで寝ちゃいそうね」

と、晴美はもう眠そうな目をしている。

「何かあったらどうするんだ」

と、片山は苦笑して、アイスクリームをスプーンですくった。

何かあったら……。

片山は楽しげなデルフィーヌを見て、ふと思った。この桁外《けたはず》れのごちそうやワインは、

「何か」あっても、誰も目を覚まさないように、だろうか。

いや、それは考え過ぎだろう。

片山は肩をすくめた。

ダイニングルームから、全員が広間へと移る。

廊下へ出て、ひんやりとした空気に触れると、ワインを飲んでいない片山も頬が上気していたせいで、快く感じる。

女性たちはほとんどが化粧室へ寄った。

片山が廊下を少しぶらついていると、

「失礼します」

と、声をかけられた。

デルフィーヌの秘書の吉沢である。

「何か?」

「デルフィーヌ様が、お目にかかりたいと」

「でも、広間におられるのでは?」

「いえ、広間はソファや椅子がバラバラに置かれていますから、一人二人抜けても分りません」

それはそうだろう。

「——じゃ、今はどちらに?」

「こちらへおいで下さい」

吉沢が先に立って、二階へと階段を上って行く。

二階のシンと静まりかえった廊下へ入ると、まるで別の世界へ来たようだった。

吉沢について行く片山は、いつの間にかホームズがすぐ後ろからスタスタとついて来ているのに気付いて、少し安堵《あんど》した。

大きな両開きのドアを吉沢がノックすると、

「どうぞ」

と、声がした。

吉沢はドアを開け、片山を通すと、自分は中へ入らずドアを閉めた。

――デルフィーヌの寝室か。

広々とした造り、四、五人も寝られそうなベッド……。

デルフィーヌは、奥の窓のそばに座っていた。

半ば向うを向いている。

片山は手前で足を止めたまま、デルフィーヌの方から何か言うのを待っていた。

――やがて、デルフィーヌが口を開いた。

「本当なのですね」

片山は戸惑って、

「とおっしゃると……」

「水原悠一さんが亡くなったということです」

「はあ……。そのようです。僕も直接聞いたわけではありませんが、栗原に連絡が」

デルフィーヌは立ち上ると、

「片山さん」

と、静かに歩み寄って、「お願いがあります」

ほの暗い明りの下、デルフィーヌの美しさはさらに際立っていた。

片山は一瞬ゾクゾクして、今デルフィーヌに何か頼まれたら、何でもしてしまいそうな気がした。

もちろん、「何でも」というのは言葉の綾《あや》である。

「おかけになって」

と、デルフィーヌは片山にソファを勧めた。

「どうも……」

デルフィーヌは、肘《ひじ》かけのついた一人用の大きなソファに身を沈め、足を組んだ。

その姿は、いかにもこの邸宅での暮しになじんで、溶け込んでいる。しかし、今のデルフィーヌはそれだけではなかった。

ワインの酔いが残っている、ほんのりと赤く染った頰にも、どこか哀しみの影が射している。それは隠そうとしても隠しようがなく、こらえてもほとばしる悲しみだった。

片山は少々戸惑っていた。デルフィーヌのこの悲しみは何だろう？

夫の死を今さら、これほど悲しむのも不自然である。

「奥さん――」

と、片山が言いかけると、

「もう私は妻ではありません」

と、デルフィーヌは遮った。

「じゃあ……デルフィーヌさん。『奥さん』という呼び名はやめて下さい」

「犯人を見付けるのに、お力を貸して下さい」

デルフィーヌの、片山を見る目には燃え立つような力があった。

「犯人とおっしゃるのは――ご主人、内野泰吉さんを殺した犯人のことですか」

「いいえ」

デルフィーヌは迷う様子もなく、首を振って、「違います」

「では――」

「水原悠一さんを殺した犯人のことです」

と、デルフィーヌはきっぱりと言った。

「しかし――」

「私は、水原悠一さんを愛していました」

片山は一瞬絶句した。デルフィーヌは続けて、

「一緒にみえた女子学生の方には申しわけないのですけど、私はここへ訪ねて来たとき、水原さんに強くひかれたんです」

考えてみれば、デルフィーヌも未亡人とはいえ、まだ三十五歳だ。大学生の水原にひかれてもおかしくはない。

「あの人が死ぬなんて……。一回りも年上の私がこうして生きているのに」

硬い表情は、もう酔ってはいなかった。

「デルフィーヌさん。——ここへ訪ねて来たときだけでなく、水原悠一と会っていたんですか」

片山の問いに、デルフィーヌは真直ぐ片山の目を見返して、

「ええ。仕事の合間や、夜、接待の帰りなどに。彼は大学生ですから、時間が割合自由になったんです」

「じゃ——杵谷淳子は知らなかったんですね。自分の彼氏があなたと付合っているとは」

「そのはずです」

と、デルフィーヌは肯《うなず》いて、「彼は気にしていました。『いずれ分るだろうけど、今はまだ知られたくない』と言って……。私も、彼の気持を尊重していました」

「そうですか……」

　しかし、自分の恋人に誰か好きな人ができる。——そんなことは隠しようのないものではないだろうか。

　もし、杵谷淳子が水原とデルフィーヌの関係を知っていたら……。

　事件は全く違う様相を呈して来る。

「お力を貸して下さい」

　と、デルフィーヌはくり返す。

「何をすればいいんです?」

「私と一緒に行って下さい。二つの殺人事件について、考えてみたいんです」

「しかし、そのことは警察が——」

「だから、あなたに同行してほしいんです」

「僕は刑事として……」

「課長さんも、石津さんも、そして妹さんもぐっすり休まれるでしょう」

「待って下さい。これから出かけるとおっしゃるんですか?」

「そうです」

「でも——」

「手段はあります」

　それはそうだろうが……。

片山は、入口の辺りに座っているホームズの方へチラッと目をやって、

「では、せめてホームズを同行させて下さい」

と言ったのだった。

18　闇の底から

眼下には、深い闇が広がっている。

体を揺さぶるような振動。——ヘリコプターは夜空を裂いて進んでいた。

安全ベルトをした片山は、窓から見下ろす闇の中に、ときどき点滅するように浮かび上がる人家の明りを捜していた。その膝《ひざ》にはホームズが身を丸めている。

同じヘリに乗っているのは、デルフィーヌと、秘書の吉沢。

どちらもじっと押し黙って、何も見えていない窓の外の暗い夜へと目をやっていた。

ヘリコプターの準備に少し手間取って、片山はその間に、晴美か石津を起こそうとしたが、ぐっすり眠り込んでいて、とても無理だった。

——何を考えているんだろう？

片山は、薄明りに浮かぶデルフィーヌの横顔を、じっと見ていた。

すると——デルフィーヌが視線を感じたように、ふと片山の方へ目を向けた。

目が合うと、片山はあわてて目をそらした。

デルフィーヌは微笑んで、

「あの人も、そんな風でした」

と言った。

「あの人？」

「水原悠一さん。――初めは、恥ずかしがって、私の顔をまともに見られなかった」

と、懐しげに言った。

「しかし、デルフィーヌさん」

「何でしょう？」

「このことは――あなたと水原君のことは、もし知らせずにすむなら、杵谷淳子に言わずにおいて下さい」

片山の言葉に、デルフィーヌは何か言いたげにしたが、気が変ったのか、

「分りました」

と肯いた。「どうしても必要なときでなければ、そのことは話しません」

片山は膝の上のホームズが、ちょっと欠伸《あくび》をして眠ってしまうのを見て、ため息をついた。

それを聞いたのか、吉沢が気をつかうように、

「あと三十分もすれば着きます」

と言った。

「どうも……」

着いて、そして何をしようというのだ？

片山は、よほど用心しないと、知らずに犯罪に加担することになってしまう、と思った。

デルフィーヌの胸の内など、もちろん知るすべもない。

ともかく「出たとこ勝負」だ。

片山は、いささか開き直ったかのように、そう自分へ言い聞かせた。

誰もが満腹になり、アルコールも入って、ぐっすり寝入っていたデルフィーヌの邸宅の客たちの中で、ただ一人、血が騒いで却《かえ》って寝つかれない人間がいた。

――山崎美智子は、ベッドに起き上った。

夫はツインベッドのもう一方で、深い寝息をたてている。

ワイン通を自認している山崎は、夕食で出されたワインに興奮し、

「どうせ、お前は味が分らないんだから」

と、飲みかけの美智子のワインまで飲んでしまった。

中途半端に酔った美智子は、ぐっすり寝入った夫の寝息をしばらく聞いていたが、その内、ベッドを出て、厚いカーテンを引いた窓の方へ寄った。

カーテンを細く開けて外を眺めていると、誰かが外を歩いているのが目に入った。

むろん、夜間でも方々に照明はあり、その明りで、ここの主《あるじ》、デルフィーヌが、どうやらなで肩の刑事と秘書を伴ってどこかへ出かけようとしていた。

そして、少したって、あのヘリコプターが木立ちの向うに舞い上り、夜空を飛び去って行ったのである。

どこへ行ったのだろう?

美智子は、カーテンを開けているとガラス越しに外の冷気が感じられて、大分頭がすっきりしてしまった。

そのとき、ふとある考えが浮かんだ。振り返ると、夫は当分目を覚ますわけがなかった。

美智子はガウンをはおると、足早に自分の部屋を出た。

廊下は静かで、空気がひんやりと頬に当る。

美智子は一旦《いったん》心を決めると、迷うことなく一つのドアへ向った。

そのドアを小刻みにノックして、

「起きてる?――私よ」

と声をかけた。

しかし、重山も大方ぐっすり寝入っているのだろう、ドアをノックし続けても、返答はない。

大声を出すわけにもいかなかった。

美智子は思い切ってドアを開け、中へ入った。

「——誰？」

ベッドから、眠たげな声がした。

「私よ」

美智子がそばへ行くと、重山はトロンとした目で、

「ああ……。どうしたんですか？」

と言って、頭を上げた。

「一緒にいてもいいでしょ？」

「奥さん……」

「主人は、ワインをたらふく飲んで、大地震が来たって起きやしないわ」

「だけど……」

起き上った重山は大欠伸をした。

「お願いよ。このままじゃ、私、寝られない」

美智子は両手で重山の頰を挟んでキスした。

「だけど……隣に聞こえますよ」

「大丈夫よ」

美智子は微笑んで、「大きなベッドで寝てみない？」

「奥さんの部屋で？」

「まさか！　いくら私が図々《ずうずう》しくても、主人の隣のベッドじゃいやよ」

と、美智子は顔をしかめた。

「それじゃどこ？」

「ここの主人」

「主人って――」

「デルフィーヌさんの寝室」

重山は目を丸くした。

「どういう意味ですか？」

「今、お留守なのよ」

美智子はデルフィーヌがヘリコプターで出かけていくのを見かけたと話し、「――今からヘリで出かけて行くんだから、今夜はもう戻らないわよ」

いや、しかし、とためらう重山の手を引張って、美智子はデルフィーヌの寝室へと向った。

「――やっぱりまずいですよ」

と、美智子をいさめるようなことを言いながら、それでも重山はついて来た。

そして、美智子はデルフィーヌの寝室のドアを、ちょっとノックしてから開けた……。

一旦中へ入ってしまうと、重山ももう何も言わなくなった。

「見て！——凄《すご》いベッド！」

「大したもんですね」

実際、キングサイズとかクイーンサイズといっても、これよりは小さいだろうと思えた。おそらく、マットレスもシーツも特注品だろう。

「どう？」

美智子が重山の方を振り返る。

重山も、今はためらわなかった。

「面白いですね」

と、いきなり美智子を抱きしめて唇を奪う。

「待って。——待ってよ」

と、美智子は重山を押し戻した。「こんな豪勢なベッドを前にして、せっかちにならないでよ」

「今さら——」

「シャワーよ。いいえ、お風呂場《ふろば》を覗《のぞ》きましょ！」

奥のドアを開け、明りをつけた。——そして息をのんだ。

大理石の浴槽は、ほとんどプールと言っても良さそうな大きさ。

「こりゃ凄いや」

――「凄い」しか出て来ない二人は、浴槽にお湯を満たしながら、服を脱いだ。

充分に二人で入って、まだ余裕がある。

美智子は浴槽にバスジェルを入れ、思い切りかき回した。浴槽がたちまち泡で埋る。

「やあ、まるでアメリカ映画に出て来る大富豪のような暮しだな」

と、重山も面白がって、すっかりはしゃいでいる。

裸の二人は、互いに泡をつかんで投げ合ったり、子供のように騒いでいた。

「――ああ、楽しいわ！」

「しかし、デルフィーヌさんが戻ったら、びっくりしますよ」

「その前に自分のベッドへ戻って潜り込んでれば、誰がここを使ったかなんて、分りゃしないわよ」

と、美智子は言って、「でも、その前に、することがあるでしょ？」

「分ってますよ」

泡にまみれながら、美智子は重山の腕に抱かれた。しかし、泡のおかげでツルツルと滑ってしまう。

「シャワーで泡を落としましょ」

と、美智子が立ち上った。

二人はシャワーを浴びて泡を落とすと、そのまま浴槽を出た。

濡《ぬ》れたままの二人は、あの特大のベッドにもつれ込むと、ほとんど落ちる心配もなく、まるで取っ組み合いでもしているように抱き合った……。


片山も満腹の影響は多少あったらしい。

いつしかヘリでウトウトしていた片山は、

「着陸します」

という吉沢の声でハッと目を覚ました。

ああ、やっとか……。

外を覗いて、片山は面食らった。

てっきり、あの郊外の発着場に下りるのかと思っていたのだが、外に見えるのは、いくつもの超高層ビル。

「どこへ下りるんですか？」

と、片山が訊《き》くと、デルフィーヌが答えた。

「こういう超高層ビルは屋上にヘリポートを持ってるんです」

「屋上に？」

「ええ。幸い、今夜はそう風もないですし」

話している間に、五十階はあろうというオフィスビルの屋上へとヘリコプターは近付いて行った。

呆気《あっけ》ないほど静かに着陸し、

「片山さん、どうぞ」

と、吉沢が促した。「そのドアを開けて出て下さい」

片山はベルトを外すと、ドアを自分で開けた。風が吹いてくるが、自然の風はそう冷たくなかった。

片山はホームズを抱いて、ヘリから降り立つと、

「こんな高い所、早く退散したいですね」

と、振り返った。

目の前で、バタンとヘリのドアが閉じた。

降りたのは片山とホームズだけだ。

見る間にヘリの翼が回転数を増した。

「どうなってるんだ!」

風が凄い力で頭上から押し付けてくる。

片山はホームズを抱いて、あわててヘリから離れた。

ヘリが舞い上って行く。

中から、デルフィーヌが手を振るのが見えた。

「――何のつもりだ！」

と、片山は怒鳴ったが、聞こえるわけもない。

ヘリは高く舞い上ると、たちまち飛び去ってしまったのだ。

片山はしばし呆然《ぼうぜん》と立っていたが――。

「ニャー」

ホームズの声で我に返る。

「冗談じゃないぜ！　こんな所に一秒だっていたくない」

ヘリポートから階段を下りる。――そこが屋上。

片山は、眼の前の夜景からは目をそらし、ともかく屋上から下りる階段へと急いだ。

高所恐怖症の片山としては、今自分のいる場所のことなど、考えたくもなかった。

しかし、どうしてデルフィーヌは片山をこんな場所に置き去りにしたのだろう？

いや、そんなことはどうでもいい！

屋上へ突き出た格好の階段室。――そこへやっと辿《たど》り着くと、片山はドアを開けようとした。

だが――いくら引いても押しても、ドアはびくともしない。

「鍵《かぎ》がかかってるじゃないか！——おい！　誰か開けてくれ！」

片山はドアを力一杯叩《たた》いて、怒鳴った。

しかし、全く反応はない。

片山は、屋上にごくわずかのかすかな照明があるだけで、この階段室のドアの所にも、ヘリが下りたヘリポートにも、全く明りがついていないことに気付いた。

ここは——使われていないヘリポートなのではないか。

「冗談じゃないぜ！」

片山は途方に暮れた。

「ニャー……」

ホームズが、しゃがみ込んだ片山の上着のポケットを前肢《まえあし》の爪で引っかける。

「そうか！　ケータイがある！」

片山はケータイを取り出し、ともかく一一九番へかけてみた。しかし一向につながらない。

「——畜生！」

場所が高すぎて、電波が入らないのだ。

どうしよう？

片山は、時折吹きつけてくる強風にゾッとした。——寒いわけではない。

風に吹き飛ばされて、この五十階の高さから落ちたら……。そう考えると、膝《ひざ》が震えて立つのも怖い。

いつもなら、五十階でも、却《かえ》って現実味がなくてあまり怖くない片山だが、周囲を壁やガラス窓が囲んでいるわけではなく、低い手すりのその向うは何百メートルもの地上への「一直線の道」。

それを考えると、片山はドアにもたれて、しゃがみ込んだまま、固まってしまったように動かなかった……。

19　決死の覚悟

「ああ……」

思わず声を上げたのは、美智子ではなく、重山の方だった。「こんなに汗をかいたの、久しぶりだ」

「私もよ」

美智子も息を弾ませていた。

普通の情事とはわけが違う。夫がすぐ近くの部屋で寝ている。しかも、屋敷の女主人の寝室で、いわば「他人のベッドを拝借している」のだ。

むろん、夫や、デルフィーヌに見付かりたいわけではない。まず、夫も目を覚ましはしないだろう。

しかし、少なくとも「いつもと違う状況」でのひとときは、美智子を興奮させた。

「──戻りましょうか」

と、重山が言った。「このまま眠り込んじまいそうだ」

「そうね。でも——シャワーを浴びて汗を流すわ」

「ここで？」

「もちろんよ。自分の所でシャワー使って、主人が起きて来たら、何て言いわけするの？」

「夜中にマラソンしてた、とでも？」

「馬鹿ね」

と、美智子は笑った。「じゃ、私、シャワーを浴びて来る。あなたは？」

「僕は……どうするかな。お先にどうぞ」

「ええ、それじゃ」

——美智子が再びバスルームへ姿を消すのを眺めていた重山は寝返りを打って、大欠伸した。

シャワーの音がかすかに聞こえてくる。

重山は、一瞬の内にスッと眠りに落ちていた。

美智子はのんびりとシャワーをつかっているらしい。

そして——寝室のドアが開いた。

静かに、滑るように入って来た人影は、ベッドで大胆に眠りこけている重山を見てギョッとしたように足を止めた。

しかし、少々の物音では重山が起きるわけがないと分ると、安心したように歩を進めた。

バスルームのドア越しに、シャワーの音と、美智子の歌う鼻歌が聞こえてくる。

その人物はバスルームのドアへと近付き、そっとドアを引いた。

中は凄《すご》い湯気だった。

白いカーテンを引いたようで、湯気の向うには、かすかな肌色の影がチラチラと動いていた。

手探り同然で、その人物は前へ進んで行った。

しかし、その目は、正面の肌色の人影しか見ていなかった。——その手前の大理石の床が、立ちこめる湯気で濡《ぬ》れて滑りやすくなっていることに、全く気付いてもいなかったのだ。

ズルッと、濡れた大理石に足を取られて、その人物は仰《あお》向《む》けに転倒し、したたか尻《しり》を打った。一瞬のことで、

「ウッ!」

と、声を上げるのを、止めることはできなかった。

「何よ」

と、湯気の奥で、美智子の声がした。

その声はバスルームの中にワーンと反響した。

「入って来たの? じゃ、換気扇のスイッチを入れてくれる? 明りをつけようとして、

間違って切っちゃったみたいなの」

その人物は、腰と尻の痛みに耐えて立ち上った。

「ねえ、聞こえたの？」

シャワーが止った。

バスルームのドアが開いているので、換気扇が止っていても、少しずつ湯気は薄れて行った。

「少し待って」

と、美智子は言った。「体を拭《ふ》かないと……」

白い背中が、湯気の中から現われた。

やっとの思いで立ち直った侵入者は、刃物を構えた。

無防備な背中は、真白なキャンバスのように、待っていた。

白い生きたキャンバスに、刃物が振われた。

女の叫び声は、バスルームの中に反響したが、重山を眠りから覚ますところまではいかなかった。

ホームズが戻って来て鳴いた。

「分ってるけどさ……。察してくれよ」

片山はため息をついた。

超高層ビルの屋上で、階段室の鍵《かぎ》のかかったドアにもたれて座り込んでいる片山の前に、ホームズが呼びに来ること、これで三回。

「立って行くだけで大変なんだ！　分るだろ？」

「ニャーッ！」

ホームズが口を開けて、「カーッ」と、怒りの声を上げた。

ホームズがここまで怒るのは珍しい。

「仕方ないな……」

片山は、「お前は刑事だ。――刑事だ」と言い聞かせつつ、ホームズの後について行った。

「おい、どこへ行くんだよ？」

ホームズは屋上の一つの隅の方へと急いだ。何か見付けたらしい。

「何だ？　まさか、ここからずっと階段で下りろって言うんじゃないだろうな」

五十階の高さである。階段で下まで行ったら、膝がガクガクになって歩けないだろう。

「ニャー！」

ホームズが、得意げに鳴いた。

どうだ、と言っているようである。

「これって……もしかして、あれか？」

片山はいやな予感がした。

「ニャン」

「お前……これで下へ下りようって言うのか？」

片山の声は、早くも上ずっていた。

それは、ビルの窓を拭くためのゴンドラ。

レールがビルの屋上の手すりに沿ってずっと続いている。そこから二本のアームがのびて、ロープでゴンドラを吊《つ》り下げ、ゆっくりと下りて行くのだ。

「いやだ！」

と、片山は絶対に拒否することにした。「俺はこんなものに乗らないぞ！　五十階の高さから吊り下げられるんだぞ！　もしロープが切れたらどうするんだ！　晴美を一人遺《のこ》して死ぬわけにいかないんだ。そうだろ？」

もちろん、自分の言っていることが理由になっていないのは百も承知だ。

しかし、刑事だって人間だ。できることとできないことがある。

「俺が刑事だからって、百メートルを九秒ゼロで走れやしないんだ。そうだろ？――人には、ここまでならやれるって範囲がある。うん、そうだ！」

ホームズはじっと片山を見上げて、

「ニャー……」

と、ため息をつくように（？）鳴いた。

「ホームズ、お前……。少しは同情というものを知れ。長い付合いじゃないか。いつか俺のブリの照焼の一番いいところを食べちまったときも、文句言わなかったろ？」

「ニャーゴ……」

「無理だよ、こんな……。大体、そうだ、これだって、ちゃんとした資格がなきゃ乗っちゃいけないはずだ。俺は刑事なんだ。刑事が法を破るのはまずい。絶対にまずい！」

「ナーゴ……」

「動かないぞ、きっと。うん、きっと故障してるんだ。見ろよ。長いこと使ってないじゃないか。どう見ても」

ホームズがスタスタと歩いて行くと、どこやらのスイッチを押したらしい。

ブーンと音がして、ゴンドラを吊り下げるアームの先端のランプがついた。

片山はガックリと肩を落とし、

「だめか、乗らないと……。な、ちょっと待ってくれ。遺書を書くから、その間……」

「ニャー」

「分ったよ……」

片山は情ない声を出すと、「死んだら化けて出るぞ。化猫じゃなくて、猫のところへ出るお化けは何て言うんだ？」

ゴンドラに乗り込むと、それだけでグラグラと揺れる。

「ワッ！　揺れる！——ホームズ、じっとしてろ！　動くと落ちる！」

ホームズが冷ややかに、コードでつながったリモコンを前肢《まえあし》で指す。

「分ってるよ……。これで動かすんだな。——どこを押すんだ？」

適当に押していると、急にゴンドラを吊り下げている本体がガーッとレールに沿って動き出し、片山は尻もちをついてしまった。

「危い！——突然動くな！『動きます』くらい言え！」

アームがゆっくりと伸びる。

「あ……あ……」

ゴンドラは、ビルの手すりの外側へと出て止った。

片山はゴンドラの床にペタッと座り込むと、

「エイッ！」

と、下向きの矢印のボタンを押した。

揺れながら、ゴンドラは下降を始めた。

しかし、二本のロープで吊られているだけなので、風が吹くとゆっくりと振子のように揺れる。

「ワーッ！　揺れる！　落ちるぞ！——もうだめだ！　ロープが切れる！　突風で引っくり返る！——飛行機にぶつかる！　カラスにぶつかる！」

自分でも何を言っているのかよく分っていない。

ホームズは、床に座って、何も聞こえないふりをしていた。

——そして、永遠かと思える長い時間がたった。

不意に、ドスン、と音がして、ゴンドラが止った。

じっと目をつぶっていた片山は、ゆっくり目を開けた。——いや、まだ着くわけはない。これは陰謀だ。

もう着いたのか、と喜んで下を覗《のぞ》くと、地面は遥《はる》か下。ショックで俺の心臓を止めてしまおうという企《たくら》みなんだ。きっとそうだ……。

「ニャー」

ホームズが立ち上ると、ちょっと身構えて、フワリと宙へ飛び、ゴンドラの外へ。

「ホームズ！　危いぞ！」

と、片山は叫んだが、遅かった。

可哀そうなホームズ……。今ごろ地面に叩《たた》きつけられて……。

「ニャー」

外で、ホームズの声がした。

あれ？　生きてるのか？

片山はこわごわ立ち上ると、そっとゴンドラの外を覗き見た。

「あら、人が乗ってたんだわ」

道を行くOL数人が、ゴンドラの方を指さして笑っている。

では、本当に地上に着いたんだ！

「やったぞ！　ホームズ、俺もなかなかのもんだろ？」

「ギャー」

「早く出ろって？　分ってるよ。地面に着いたとなりゃ、怖いことなんかないぞ！」

ゴンドラから出ようとして、片山はバランスを崩し、

「ワッ！」

頭から落っこちてしまった。

OLたちが大笑いする。

ホームズは知らん顔でそっぽを向いた。

20　夜の顔

目を覚ましかけていたのだろう。

でなければ、どこかの部屋のドアが、バタンと音をたてて閉じたくらいで起きる晴美ではなかった。

「ああ……。酔っちゃった」

まだ酔いが残っていて、頭はボーッとしている。

ベッドに起き上り、

「ホームズ……」

と呼んでみたが、返事はない。

部屋へ戻って来たとき、ホームズが一緒だったかどうかも憶《おぼ》えていない。

「ああ……やれやれだわ」

ワインを飲み過ぎたのか、ひどく喉《のど》が渇いていた。——冷たいお水でも一口ほしい。

いくら行き届いたもてなしとはいえ、ホテルではないから、各部屋に冷蔵庫まではなかった。

台所へ行って、水を一杯もらうぐらいはいいだろう。

晴美は起き出すと、パジャマの上に部屋にあったガウンをはおって、部屋を出た。

廊下を階段の方へ歩いて行きながら、大欠伸をしていると——。

突然、目の前のドアがパッと開いて、

「助けてくれ！」

と転り出て来たのは——須田ゆきと結婚しそこなった重山だった。

パンツ一つの裸。晴美が目を丸くしていると、やっと立ち上って、

「やめてくれ！」

と叫んだ。「僕のせいじゃない！　何もしてないんだ！」

「重山さん……。どうしたんですか？」

晴美は、重山の体にところどころついた汚れが、どうやら血らしいことに気付いた。

「けがしたんですか？　落ちついて、何があったのか話して」

しかし、重山は晴美の言葉など耳に入らない様子で、

「ワーッ！」

と叫ぶと、廊下を駆けて行った。

晴美は、細く開いたままのドアへそっと近付くと、こわごわ開けてみた……。

「助けて！」

突然裸の女が飛びついて来て、晴美は仰天し、一緒に転んでしまった。

「あの――山崎美智子さんですよね？」

「お願い！　死んじゃう！」

晴美は、美智子の肌が血で汚れているのに気付いた。

「どうしたんですか！」

「誰かが切りつけて来た……。お風呂場《ふろば》で――」

「しっかりして！」

晴美は、もう酔いも渇きもどこかへ飛んで行って、裸の美智子を助け起こした。

背中に、切られた傷があった。五十センチ以上もあるだろうが、深い傷ではない。

他にも、腰の辺りや、胸、腹にも傷はあったが、どれも軽い傷だ。

ともかく、落ちつかせなくてはならない。

「お願い、夫には言わないで」

「分りました。でも……」

晴美は部屋の中を覗き込んで、「ここは誰の部屋です？」

「デルフィーヌさんの……。ヘリで出かけるのを見て、重山と会うのに使おうと……」

「出かけた？」

「刑事さんも一緒だったわ。――あなたのお兄さんも」

「兄がヘリで？」

どこへ行ったのだろう？

「――晴美さん、どうしました？」

そこへ、眠そうにやって来たのは石津だった。

「石津さん！　ちょうど良かった！」

「眠ってたんですが、何だか腹が空《す》いて、目が覚めちゃったんです」

「ともかく、この人をタオルでくるんで、私の部屋へ運んで！」

「血ですか？」

「誰かに殺されかけたのよ」

「大変だ！」

石津は、部屋の中へ入ると、ベッドのシーツをはがし、それで美智子をくるんで、軽々と抱き上げた。

「犯人を見ました？」

ついて歩きながら、晴美が訊《き》くと、

「湯気が濃くて……。でも、おかげで向うも手もとが狂ったんでしょう。助かったわ」

と、美智子は言った。「でも――腰を打ってる」

「大理石の床で滑って、転んでたわ。そのときに、腰を打ったようで、切りつけられたときも、力が入らないようでした」

「腰？」

「分りました」

晴美は、自分の部屋のベッドに美智子を寝かせると、

「石津さん、栗原さんを起こして来て。どんなにぐっすり寝てても、起きるまで呼ぶのよ」

「任せて下さい！　片山さんは……」

「お兄さんは、デルフィーヌさんとヘリコプターで出かけたらしいわ」

晴美はそう言って、「急いでね！」

と、石津を押しやった。

「それと、ここの使用人を誰か。救急車を呼ぶのよ」

石津が飛び出して行くと、晴美は、青ざめた美智子に毛布をかけ、

「もう大丈夫ですよ。痛みます？」

「背中が……。馬鹿をしたわ」

と、涙声で、「──でも、犯人は私じゃなくて、デルフィーヌさんを狙ったんだと思う」

「じゃ、湯気で分らなかったんですね」

「ええ……。切られて騒いだら、人違いだと分ったんでしょう。あわてて逃げて行った」

「分りました。──さあ、じっとして」

「ありがとう……」

美智子は、晴美の手を握った。

その手を握り返しながら、晴美は「お兄さん、どこへ行ったのかしら?」と考えていた……。


病室のドアが静かに開いた。

杵谷淳子が目を覚ましていたのは偶然だった。痛み止めの薬で、時間と係りなく、眠ったり起きたりをくり返していたからだ。

「──誰?」

と、少しかすれた声で訊く。

「私よ」

部屋の明りがついた。

「まあ。──デルフィーヌさん」

と、淳子は目を見開いた。「今──夜中でしょ?」

「ええ。でも、あなたに用があって」

デルフィーヌは淳子のベッドへ近寄ると、「水原さんは死んだわ」

と言った。

「何ですって?」

淳子は目をみはった。「まさか……。そんなことが……」

「水原さんは死んだのよ」

と、デルフィーヌはくり返し、「あなたも死ぬ。そうでしょ?」

デルフィーヌの手に、小型の拳銃《けんじゅう》が握られていた。

「デルフィーヌさん……。なぜあなたが私を?」

「あなたがあの人を殺したから。私と水原さんが愛し合っているのを知って、彼を刺したんだわ」

淳子は、毛布をギュッと握りしめて、

「違います!」

「いいえ、分ってる。水原さんは気付いていたわ。あなたが私たちの関係を知っていることに」

「それは……」

淳子は目をそらして、「女ですもの。彼のキスや、肩を抱く仕草の一つからでも、変ったことは分ります」

声が震えた。

「——でも、水原君を殺したりしません！」

「じゃ、誰がやったって言うの？　私は彼がいなかったら、会社も何も、すべてが空しいのよ」

銃口が淳子へ向く。

そのとき

「ニャー」

と、声がした。

デルフィーヌがハッと息をのんで、ホームズがそばにいるのに気付いた。

「どうして——ここへ？」

「ニャー」

ホームズの穏やかな目が、デルフィーヌの気持を鎮めて行った。

「——分ったわ」

デルフィーヌの手から拳銃が落ちる。

ドアが開いて、片山が入って来た。

「片山さん……」

「デルフィーヌさん」

片山は拳銃を拾うと、「これは、たまたまあなたが道で拾って、僕へ届けた、ということにしましょう」

「片山さん……」

「とんでもない間違いをするところでしたよ」

「え？」

「今、ケータイに妹から電話がありましてね」

と、片山は言った。「お宅の屋敷が火事になったとか——」


「火事だ！」

叫び声が廊下に響いた。「起きろ！——早く逃げろ！」

石津の声と、ドアを叩《たた》く音の迫力——危うくドアを壊すかというほどの——は、どんなに深く寝入っている客も起こすのに充分だった。

たちまち、悲鳴や怒鳴り声が方々で起った。

廊下には、白い煙がたちこめている。

「早く！　急いで下の広間へ！」

石津が、廊下へ飛び出して来た客を、次々に階段へ押しやる。

——数分後には、ほとんどの客が広間へ集まっていた。

「火事はご心配いりません」

と、栗原が言った。「すぐに消し止められました」

「――家内が見えないんです」

と、山崎が言った。

「奥様は今、休まれています」

と、晴美が言った。

「はあ……」

「詳しいことは重山さんにお聞き下さい」

山崎は、目をそらした。

「――どうなってるんですか？」

と、三宅杏が言った。

そこへ石津がやって来た。

「お一人、遅れた方をお連れしましたよ」

石津が支えながら、その男を広間へ入れる。

「――いや、腰を痛めてね。参ったよ！　階段を下りるのもひと苦労だ」

と、苦笑しながら、清水谷が言った。

「先生」

と、晴美は言った。「デルフィーヌさんを殺そうとしましたね」

誰もが、清水谷が真青になって、床へ座り込んでしまうのを見て、愕然《がくぜん》とした。

「——先生が？」

と、ゆきが言った。

「火事騒ぎは、みんなに出て来てもらうためのトリックです。デルフィーヌさんを襲った犯人が、腰をひどく打って、痛めていると分っていたので」

晴美は、ため息をつくと、「石津さん、清水谷先生を見張って。——栗原さん」

「今、県警からヘリが来る」

と、栗原は言った。「皆さん、部屋へお戻り下さい」

誰もが、宴《うたげ》の陶酔から一気にさめて、半ば呆然《ぼうぜん》としながら広間を出て行った。

「——ふしぎな夜だったな」

と、栗原は言った。「しかし、片山はどこへ行ったんだ？」

21　終りよければ

「清水谷先生が？」

杵谷淳子は唖然《あぜん》とした。

晴美が肯《うなず》く。

「でも——どうして先生が水原君を殺すの？」

「水原さんがデルフィーヌさんに愛されてたからよ」

と、晴美は言った。「清水谷先生は、ずっとデルフィーヌさんを追い続けてた。ストーカーのようにね。デルフィーヌさんは、ほとんど気付いていなかったらしいけど」

——病室に明るい午後の日射しが入っていた。

「じゃあ……」

「きっかけは、清水谷先生が、ある美術展でデルフィーヌさんを見かけたことだったそうよ。先生はデルフィーヌさんに心を奪われた」

「そんなことって、あるのね」

「清水谷先生は、デルフィーヌさんの身辺のことを調べる内、夫の内野さんが、何人も女を囲っているのを知って、怒ったのね。デルフィーヌさんを裏切っている奴を許せない、と……」

「内野さんを殺したの？」

「そう。——デルフィーヌさんは、てっきり夫の愛人の一人が、別れ話のもつれか何かで夫を殺したと思った。そんなスキャンダルは、内野製薬の企業イメージを傷つける。——死体を発見したとき、たまたまそこにいたのが、尾田さんだった」

「忍び込んで？」

「失業して、やけになっていた尾田さんは、内野さんの所で、現金を盗もうとしていたの。見付けたデルフィーヌさんは、尾田さんに夫殺しの罪をかぶってくれたら、後の生活を保障すると持ちかけた」

「それで自白を？」

「ええ。尾田さんは、内野さんが誰かに刺されて助けを求めていたのに、恐ろしくて何もしなかったのよ。犯人の姿も見ずに、じっと隠れていた。——後になって、それを悔やんだ尾田さんは、デルフィーヌさんの頼みを聞くことで罪滅ぼししようとしたのね」

「でも、そんなこと調べれば分るはずだわ。私たちが卒論で指摘したように、尾田さんには動機もない。自白以外の具体的な証拠は何もなかったのに……」

「ええ、あなたたちは正しかった。でも尾田さんも、刑に服してみて、自分の軽率さを後悔したのよ。奥さんとたまにしか会えない寂しさの中で、たまたま差入れをくるんだ古新聞に、金婚式を迎えた夫婦の話を読んで、我慢できなくなり、脱走してしまった。それをデルフィーヌさんが人を使ってかくまったの」

「本当のことをしゃべられると困ると思ったから？」

「そう。——そんな必要なかったのにね」

と、晴美は言った。

「でも——ゆきが刺されそうになったのは？」

「あの式場の管理主任の荒井敬子は、清水谷先生と関係があったの。——デルフィーヌさんへは、果せない夢を抱いて、一方で荒井敬子を愛人にしてた」

「それは偶然？」

「荒井敬子が、ゆきの相手、重山のことを先生に話したのよ。折江信子が、重山に捨てられて恨んでいることを小耳に挟んでね。ところが、何とその男がゆきの相手だと知って、先生は重山を許せないと思ったのね」

「ゆきを守るつもりで？」

「教え子への愛情と、女を平気で捨てる男への怒りかしらね」

「それで、折江信子にあの機会を——」

たわね」

「重山を殺させようとした。でも、あなたが防がなかったら、ゆきが刺されるところだっ

「荒井敬子がそれを知って怒ったのね」

「自分が犯罪を手伝ったと思われるのがいやだったのよ。先生は口をふさぐために、彼女を殺した……」

「一人じゃすまなくなるのね」

「先生も、悪い人じゃなかったと思うわ。でも、一度やり過ぎてしまうと、止らなくなる」

「デルフィーヌさんは、どうしてみんなを招いたの？」

「水原さんが刺されて、あなたが刺された。――あなたが水原さんを刺したと思っていたんで、それが間違いなのかどうか、知りたかったのよ」

「じゃ、何も知らずに先生を招いたのね」

「そうね。先生にしてみれば、こんな機会は二度とない。――デルフィーヌさんを殺して自分も死のうとして……」

「間違って、他の人に切りつけた……」

「でも、良かったわ、間に合って」

「お兄さんに助けていただいたわ」

ちょうどドアが開くと、片山が顔を出した。

「やあ」

「いらっしゃい、ホームズも！」

「ニャー」

ホームズが、明るい声で鳴いた。

「プレゼントがあるんだ」

と、片山は言った。

片山が傍へどくと、看護師が車椅子を押して入って来た。

「──まあ」

「悠一さん！」

淳子は起き上った。

「寝ててくれ」

と、水原は言った。「君には謝らなきゃ」

「あなたは亡くなったって……」

と、晴美が言うと、

「たまたま、同じ〈水原裕一〉って患者がいたのさ」

と、片山が言った。「八十九歳だったそうだけど、その人が亡くなって、コンピューターへ入力するときに間違ったんだ。それで課長へ連絡が行った」

「まあ……。夢じゃないわよね！」

淳子は、手を伸した。

車椅子が近付くと、水原の手としっかりつながり合う。

「――私たちは出てましょ」

晴美は、片山を押し出すように病室を出た。

「――これで、あの二人もうまくいくかしら」

と、晴美は言った。

「そうだな。一度は彼が死んだと思って、デルフィーヌさんとのことも、許す気になっただろうし」

「間違いも、たまにはいい結果になるってこと？」

「それを言うなら、終り良ければすべてよし、ってことだ」

と、片山は言った。「なあ、ホームズ」

「ニャー」

「ホームズなら、もっと気のきいたことを思い付くわよね」

と、晴美は言って、「あら、あの子――」

あの三宅杏が元気そうにやって来る。

「片山さん！」

「やあ。——お見舞？」

「ええ」

花束を持った杏は、「今、杵谷淳子さんは？」

「そうだな。今はちょっと遠慮した方がいいかもしれない」

水原が生きていたと聞いて、杏は飛び上るようにして喜んだ。

「じゃあ、お二人の結婚式はぜひうちの式場でやってもらおう。お安くします、って言って」

「営業かい？」

「だって、注文とってくると、報奨金が出るんですもの！」

と、杏は大真面目に言った。

「そりゃ大変だ」

と、片山は笑った。

「片山さんも、ぜひうちでね」

片山は咳払《せきばら》いして、

「僕らはそろそろ……」

「ねえ、片山さん。デルフィーヌさんはどうして、あんな夕食会を開いて下さったんですか？」

と、杏が言った。

「そうだな。杵谷淳子が刺されたことが、偶然とは思えなかったんだろう。淳子が身を捨てて花嫁を守ったと知って、自分と水原のことを後悔した。水原が死んだと聞く前だからね」

「じゃ、あそこにご主人を殺した犯人がいるとは知らなかったの？」

「本人はそう話してる。清水谷のことを全く知らなかったのかどうか、疑問もあるね」

「ご主人の死に、多少責任を感じてた？」

「企業を自分が引き継ぐことが、一番の供養だと考えたんだろうね。――でも、水原が死んだと聞かされて……」

「片山さんとホームズをわざわざ、超高層ビルの屋上に置いて行ったのは、どうして？」

「杵谷淳子が水原を刺したのなら、自分でその仕返しをしようと思った。同時に、僕に逮捕してほしかったのさ。ああしておけば、朝までは下りて来られないだろう、と」

「でも、片山さんは勇敢にも下りて来た」

「デルフィーヌさんがふしぎがってたわよ。お兄さんとホームズがどうやって超高層ビルの屋上から下りたのかって」

と、晴美が言った。

片山は咳払いして、

「実は……お前にも隠してたんだが」

「何よ？」

「俺はスーパーマンなんだ」

晴美にけとばされて、片山は呻《うめ》いた。杏がお腹を抱えて笑い出す。

「ニャー」

ホームズは素知らぬ顔で、スタスタと廊下を歩いて行ったのである。

解説

山《やま》前《まえ》譲《ゆずる》

まさかホームズが卒業論文を書き上げたの？　いや、いくら驚異的な推理の才能を見せているとはいえ、そんなことができるはずはない……。しかし、片山義太郎と晴美が住むアパートに来る前は、女子大の文学部長に飼われていたホームズです（『三毛猫ホームズの推理』を参照のこと）。もしかしたら文学の素養はあるかもしれません。

また、タイプを叩《たた》いたり、前肢《まえあし》で字のようなものを書いたりしたこともありました。だから卒業論文なんて朝飯前なのでしょうか。ホームズの活躍をこれまで堪能《たんのう》してきただけに、『三毛猫ホームズの卒業論文』というタイトルがなかなか悩ましい長編ミステリーですが、やっぱり卒業論文に取り組んでいるのは人間のほうです。

S大学四年生の杵谷淳子とその恋人で同学年の水原悠一は、その日も、大学の教室で共同研究である卒業論文を執筆していました。ただ、テーマを決めたり、独自の視点による検討を重ねたのは淳子で、論文を書いているのも彼女なのですが。

そしてようやく完成します。もう真夜中、何か食べて帰ろうと話がまとまったとき、悠一が手帳を忘れてきたことに気付いて、教室へ戻っていきます。ところがなかなか戻ってきません。心配になって淳子も行ってみますが、教室の灯《あか》りがなぜか点《つ》かないのです。その闇の教室に、腹を刺された悠一が――。

話は一転して、華やかな結婚披露宴の会場で事件が起こります。お色直しをした花嫁、花婿が入場、テーブルの間を回っていきます。すると突然、ウエイトレスが飛び出してきます。刃物を持ち、「許さない!」と花婿めがけて――。

赤川作品の人気シリーズのひとつである〈花嫁〉シリーズかと思ってしまうような展開ですが、これが最悪の事態とならなかったのはホームズの功績です。結果として、花婿の不誠実さが露《あら》わとなり、結婚は解消されてしまうのでした。

その花嫁、須田ゆきは晴美の高校時代の親友です。披露宴には高校時代の教師の清水谷修も出席していました。そして、恋人が何者かに刺されてしまった淳子もまた、晴美の高校時代の友人なのです。さらに高校の二年後輩の三宅杏が結婚式場に勤めていたりと、晴美の高校時代の縁が興味深い『三毛猫ホームズの卒業論文』です。

幸か不幸か、いや不幸に決まっているのですが、本書以外にも、晴美の高校時代の同級生が関係した事件があります。なんといっても賑《にぎ》やかだったのは「三毛猫ホームズの感傷旅行」です。晴美が幹事となっての高校の同窓会で、女ばっかり十人近くが、温泉旅行を楽しんでいます。荷物持ちは晴美に恋する目黒署の石津刑事でしたが、そんな楽しい旅にも事件というよけいな荷物があったのです。

『三毛猫ホームズの正誤表』の野上恵利《のがみえり》、『三毛猫ホームズの回り舞台』の桑野弥生《くわのやよい》、そして「三毛猫ホームズの招待席」の神田布子《かんだきぬこ》は新進気鋭の女優でした。高校時代、演劇部に所属したことはないようですが、「三毛猫ホームズの幽霊城主」では逆に、高校時代の友人に誘われて晴美が舞台に立っています。

『三毛猫ホームズの四捨五入』の清川昌子《きよかわまさこ》や『三毛猫ホームズの危険な火遊び』の氷室《ひむろ》エミはブランド品で身を固め、高校時代とすっかり印象が変わっていて晴美を驚かせます。久しぶりの再会はとても嬉《うれ》しいことですが、昌子もエミも事件に巻き込まれ、晴美を悲しませるのでした。

一方、兄の義太郎の学生時代の友人もシリーズのそこかしこに顔を出すのですが、ここには登場しません。ただ、またもや叔母《おば》の児島光枝から見合い写真が！　この親代わりとなっている叔母、片山兄妹に結婚相手を見付けることこそ我が天職、と信じて疑わないそうですが、やはり年の順なのでしょうか。義太郎に見合い話を持ち込むことが多いようです。

気が弱くてなかなか断ることができない義太郎ですが、なにせ相手がユニークなので、見合いをしたとしても、それ以上には発展しません。『三毛猫ホームズの恐怖館』の萩野《はぎの》クニ子《こ》や『三毛猫ホームズの正誤表』の大岡聡子《おおおかさとこ》は、なんとまだ高校生でした。十歳以上の年齢差はさておき、さすがに結婚話は早すぎるでしょう。

『三毛猫ホームズの犯罪学講座』の相手の浜野牧子《はまのまきこ》は二十歳の女子大生ですが、なんと会う前に失踪《しっそう》してしまうのでした。『三毛猫ホームズの四季』では既婚者でしたし、『三毛猫ホームズの四捨五入』では「薫《かおる》」という名前の男性だったりと、児島光枝が本当に義太郎の縁談をまとめる気があるのかどうか、疑いたくなります。

そしてもうひとり、義太郎の上司である捜査一課長の栗原警視がここでは大活躍しています。といっても犯罪捜査ではなく、趣味の絵画の世界のほうです。個展を開いたところ、三十五、六の色白な、上品な色っぽさを漂わせた美人から、肖像画を描いてほしいと言われたのです。

もちろん画家として断ることなどできません。内野デルフィーヌと名乗った女性は、ここで描いてほしいと、栗原（といつものホームズ様ご一行）を自宅のアトリエへ招待します。広大な敷地と白亜の館《やかた》に驚かされる一行です。そして、彼女の希望するポーズが全裸で横たわっている姿勢と聞いて、さすがの栗原も顔から血の気がひいてしまうのでした。

「三毛猫ホームズの殺人展覧会」では銀座のギャラリーでの展覧会に出品していた栗原です。『三毛猫ホームズのフーガ』ではS美術館に新作が展示されたりもしていました。捜査のかたわらの画業は実績十分です。ただ部下たちには、展覧会に顔を出し、そして絵を褒めるという試練（？）が待っているのでしたが。

この『三毛猫ホームズの卒業論文』で晴美の後輩の杏は、「そういう上司って、すてきですよね」と義太郎に言っている。

確かに、仕事一筋で、他に趣味一つない、という上司より、ずっとやりやすいだろうとは思う。

また、「この道一筋」タイプのベテランは、直感に頼った捜査をしがちで、それが功を奏することもあるが、しばしば初めから見込みをつけての捜査になる。

一旦《いったん》誰かが怪しいと思うと、それに合った事実しか目に入らなくなる。それは危険なことだ。

『三毛猫ホームズの卒業論文』は二〇〇三年十月にカッパノベルス（光文社）の一冊として刊行されたものですが、この戒めは〈三毛猫ホームズ〉シリーズだけでなく、赤川作品全体に共通するものでしょう。

レギュラーメンバーのエピソードがじつに楽しい『三毛猫ホームズの卒業論文』ですが、そろそろ肝心の卒業論文について触れないわけにはいきません。杵谷淳子と水原悠一が共同で執筆した論文は、ある殺人事件について調べたものでした。すでに解決ずみのものでしたが、ふたりの論文の結論によれば、本当の犯人が別にいるというのです。では、今服役中の「犯人」はなぜ自白したのか……。

中盤から一気に、いくつかの事件が一点に収束していきます。錯綜《さくそう》する人間関係の渦にレギュラーメンバーも巻き込まれていきます。そして関係者が集められ、危険な謎解きがある場所で行われていくのです。はたして事件の真相は？

そうそう、大事なことを書き漏らすところでした。石津刑事の小学校時代の同級生も登場します。それも思わぬところで再会してびっくりしてしまう石津なのです。ただ、豪華な食事に舌鼓を打っている彼の、惚《ほ》れ惚《ぼ》れとするような大食漢ぶりは、いつもと変わりありません。これまた晴美の高校の同級生が関係する事件の『三毛猫ホームズの世紀末』には、可愛い石津の従姉妹《いとこ》が登場していたことも付け加えておきましょう。

さらには義太郎の高所恐怖症ぶりがまた一段と強調されるシーンがあったりと、お馴染《なじ》みの面々それぞれのキャラクターを楽しむことができるのがこの『三毛猫ホームズの卒業論文』です。そして、犯人の意外性はシリーズのなかでも一、二を争うのではないでしょうか。となれば、ホームズの名探偵ぶりも想像がつくというものです。たっぷり謎解きの妙を楽しんで下さい。

本書は二〇〇七年四月に光文社文庫から刊行されました。

三毛猫《みけねこ》ホームズの卒業論文《そつぎょうろんぶん》

赤川次郎《あかがわじろう》

平成29年 5月25日 初版発行
令和6年 10月30日 7版発行

発行者●山下直久

発行●株式会社KADOKAWA
〒102-8177 東京都千代田区富士見2-13-3
電話 0570-002-301(ナビダイヤル)

角川文庫 20346

印刷所●株式会社KADOKAWA
製本所●株式会社KADOKAWA

表紙画●和田三造

●お問い合わせ
https://www.kadokawa.co.jp/（「お問い合わせ」へお進みください）
※内容によっては、お答えできない場合があります。
※サポートは日本国内のみとさせていただきます。
※Japanese text only

ISBN978-4-04-105750-6 C0193

角川文庫発刊に際して

角川源義

第二次世界大戦の敗北は、軍事力の敗北であった以上に、私たちの若い文化力の敗退であった。私たちの文化が戦争に対して如何に無力であり、単なるあだ花に過ぎなかったかを、私たちは身を以て体験し痛感した。西洋近代文化の摂取にとって、明治以後八十年の歳月は決して短かすぎたとは言えない。にもかかわらず、近代文化の伝統を確立し、自由な批判と柔軟な良識に富む文化層として自らを形成することに私たちは失敗して来た。そしてこれは、各層への文化の普及滲透を任務とする出版人の責任でもあった。

一九四五年以来、私たちは再び振出しに戻り、第一歩から踏み出すことを余儀なくされた。これは大きな不幸ではあるが、反面、これまでの混沌・未熟・歪曲の中にあった我が国の文化に秩序と確たる基礎を齎らすためには絶好の機会でもある。角川書店は、このような祖国の文化的危機にあたり、微力をも顧みず再建の礎石たるべき抱負と決意とをもって出発したが、ここに創立以来の念願を果すべく角川文庫を発刊する。これまで刊行されたあらゆる全集叢書文庫類の長所と短所とを検討し、古今東西の不朽の典籍を、良心的編集のもとに、廉価に、そして書架にふさわしい美本として、多くのひとびとに提供しようとする。しかし私たちは徒らに百科全書的な知識のジレッタントを作ることを目的とせず、あくまで祖国の文化に秩序と再建への道を示し、この文庫を角川書店の栄ある事業として、今後永久に継続発展せしめ、学芸と教養との殿堂として大成せんことを期したい。多くの読書子の愛情ある忠言と支持とによって、この希望と抱負とを完遂せしめられんことを願う。

一九四九年五月三日

角川文庫ベストセラー

セーラー服と機関銃3 疾走　赤川次郎

高校生の星叶は、夏合宿の帰りに部員たちと山小屋で一晩明かす。家主の女性の姿を夜中に見かけると、いきなり叶の母親の星泉なのだと告白される。泉と叶の母子関係はどのような結末へ向かうのか……。

沈める鐘の殺人　赤川次郎

名門女子学院に赴任した若い女教師はいきなり夜の池で美少女を救う。折しも、ひと気のない校内で鐘が暗く鳴り、不吉な予感が……女教師の前に出現する不可解な出来事。奇妙な雰囲気漂う青春推理長編。

真実の瞬間　赤川次郎

ハネムーンから戻った伸子は、突然、父親から20年前の殺人を告白される。果たして、父に何があったのか……社会的生命をかけて自らの真実を追求する男と家族との葛藤を描く衝撃のサスペンス。

踊る男　赤川次郎

突然踊り出すが、自分の行動を全く憶えていないという男。しかしある日、死体で発見され、一人暮らしの部屋には無数の壊れた人形が散らばっていた。表題作ほかショートショート全34編。

雨の夜、夜行列車に　赤川次郎

地方へ講演に行く元大臣と秘書。元部下と禁断の恋に落ちた、元サラリーマン。その父を追う娘。この2人を張り込み中に自分の妻の浮気に遭遇する刑事。今しも彼らは、同じ夜行列車に乗り込もうとしていた。